거꾸로
간
세월

이 책을 멀리서 드립니다
이 동 렬 頓首

거꾸로 간 세월

1판 1쇄 발행 ｜ 2020년 5월 20일

지은이 ｜ 이동렬
발행인 ｜ 이선우
펴낸곳 ｜ 도서출판 선우미디어

　　　등록 ｜ 1997. 8. 7 제305-2014-000020호
　　　130-100 서울시 동대문구 장한로12길 40, 101동 203호
　　　☎ 2272-3351, 3352 팩스: 2272-5540
　　　sunwoome@hanmail.net
　　　Printed in Korea ⓒ 2020. 이동렬

값 13,000원

※ 잘못된 책은 바꿔 드립니다.
※ 저자와의 협의하여 인지 생략합니다.
※ 이 도서의 국립중앙도서관 출판예정도서목록(CIP)은 서지정보유통지원시스템 홈페이지
　　(http://seoji.nl.go.kr)와 국가자료공동목록시스템(http://www.nl.go.kr/kolisnet)에서
　　이용하실 수 있습니다.(CIP제어번호: CIP2020013789)

ISBN 978-89-5658-638-0 03810

거꾸로 간 세월

이동렬 에세이

선우미디어

책머리에

이 책의 제목을 ≪거꾸로 간 세월≫이라고 붙였다. 2019년 여름, 둘째아들 내외의 초청으로 밴쿠버를 떠나 알래스카로 가는 유람선을 타고 일주일이나 먹고 자고, 먹고 자고만 되풀이할 수 있는 행복한 돼지여행의 호강을 누렸다.

비록 먼 바다로 나가지 않고 해안선을 따라가다시피 하는 유람선이긴 하지만 망망대해를 앞에 두고 무슨 생각을 가장 많이 했을까? 나도 모르게 어릴 적 일이 자꾸 생각이 나서 마치 내 삶이 6, 70년 되돌아간 것 같은 환상 속의 며칠이었다.

서울 형님 댁에서 지냈던 대학시절은 물론, 대구 수성동 큰누나 댁에서 기숙하던 고등학교시절, 그 옛날 안동 재골 자취집에서 중학교를 다니던 어린 시절도 생각났다. 뿐이랴. 고향집 역동에서 강을 건너고 청고개 고갯마루를 넘어

낙동강 십리 길을 따라 초등학교를 다니던 옛 일들이 내 머릿속에 며칠씩이나 머물러 있었다. 나에게 이보다 더 큰 행복감을 던져주는 회상의 실타래가 있을까? 세월이 거꾸로 흐르는 것은 아닌가 의심이 갈 정도였다. 이것도 어떻게 보면 기시감(旣視感 : de-ja vu)착각이나 환상으로 볼 수 있지 않을까.

≪거꾸로 간 세월≫이 내 생애의 마지막 에세이집이 될 것 같은 예감이 들어 책 끝부분에 〈이동렬 연보〉도 달아두었다.

이번에도 책 내용을 살펴봐준 토론토 강경옥 여사, 나의 먼저 번 수상집 ≪산다는 이유 하나로≫ 출판기념회에 일부러 서울서 이곳 토론토까지 비행기를 타고 오셔서 참석해주신 〈선우미디어〉의 이선우 사장, 이 두 사람 때문에 나는 토론토에서 가장 축복받은 사람의 하나가 되었다고 생각한다.

캐나다 토론토 국제공항 옆
陶泉書廚에서 이동렬

차례

제1부

〈연락선은 떠난다〉

쌍고동 울어울어 연락선은 떠난다

잘 가소 잘 있소 눈물젖은 손수건

진정코 당신만을 진정코 당신만을 사랑하는 까닭에

눈물을 씻으면서 떠나갑니다

아이 울지를 마셔요, 울지를 마셔요

위는 박영호의 노랫말에 김송규(김해송의 본명)가 멜로디를 단 〈연락선은 떠난다〉의 1절이다. 1937년 평양화신백화점의 한 악기점 점원으로 일하다가 15살 나이에 가수로 발탁되어 이난영과 함께 가요계의 신데렐라로 불리던 가수 장세정이 레코드에 처음으로 취입했다. 이 노래가 처음 발매

되었을 때 '아이 울지를 마셔요'라는 부분이 너무 선정적이란 이유로 발매가 금지되었다 한다. 오늘날 불러지는 노랫말과 노래가 처음 나왔을 때의 가사를 비교해보면 '눈물을 씻으면서'가 '눈물을 흘리면서'로 되어있고 '울지를 마셔요'가 '울지를 말아요'로 되어있다. 대중가요의 노랫말을 쓰거나 멜로디를 붙이거나 음반에 처음 취입한 가수가 북한으로 갔을 때는 '월북 작가'라는 딱지가 붙어 그들의 노래는 노랫말을 제멋대로 바꾸고 작곡자도 엉뚱한 사람으로 둔갑되는 경우가 많았다. (물론 노래를 보전하기 위해 그럴 때가 많았지만.) 이런 혼돈을 감안하면 〈연락선은 떠난다〉의 노랫말은 보전이 무척 잘 되어 있다고 보아야겠다.

장세정은 6 · 25동란으로 모든 것을 잃어버린 가수다. 그는 1970년대 초부터 지병인 고혈압이 악화되어 노래를 부를 수 없게 되었는데 그 무렵부터 그녀의 인기곡 대부분이 월북 작가의 작품이라 금지되었다. 얼마 후 그는 아들이 있는 미국 로스앤젤레스에 가서 살았으나 고혈압 때문에 건강한 생활은 할 수 없었다고 한다.

1978년 10월 14일, 그녀의 노래를 아쉬워하던 재미한인

동포들이 로스앤젤레스 슈라인 오라토리움에서 '장세정 은퇴공연'을 개최하여 명가수의 말년을 화려하게 장식해 주었다. 6,500석의 슈라인 오라토리움에 은퇴공연을 처음 신청했을 때 오라토리움 관장이 "너희 한국교민들이 5만밖에 되지 않는다는데 그 숫자로는 이 큰 공연장을 반(半)도 못 채울 것"이라며 거절하는 것을 세 차례나 끈질기게 설득한 결과 장소 사용허가를 받아냈다고 한다. 공연 날, 6,500석의 오라토리움은 초만원을 이뤘고 채 입장하지 못한 500여 명은 오라토리움 밖에서 공연을 지켜보았다고 한다. 재미한국인 70년 이민사에 남을 기록이 된 공연이었다. 여기까지는 박찬호가 일본말로 쓰고 안동림이 우리말로 옮긴 ≪한국가요사≫에서 간추린 것이다.

말할 것도 없이 연락선이란 조선의 부산과 일본의 시모노세키를 연결하는 연락선을 말한다. 그것은 오늘날 대한민국과 일본을 오가는 호화 유람선이 아니다. 가난에 쫓겨 먹고 살 길을 찾아 처자식은 굶주림 속에 남겨두고 혼자서 연락선을 타고 떠나야 하는 비통(悲痛). 그 슬픔, 그 절절한 정한(情恨)은 어이 말로 다 표현할 수 있겠는가?

내가 일개 대중음악, 막말로 뽕짝 한 곡에 이렇게 많은 지면을 할애하는 이유는 뭘까? 내 나름대로의 이유는 다음과 같다. 우리가 기뻐서 웃고, 슬픈 일로 울고 싶을 때 그 감정을 노래나 시, 소설로 표현하는 것은 고전적(古典的)문학 활동이나 음악보다는 대중가요가 몇 배 더 쉬운 것 같다. 마치 대중가요는 손전화기 같아서 돌연히 일어나는 사건들도 금방 기록으로 남길 수 있는 것처럼—.

대중가요를 연구하여 서울대학교에서 박사학위를 받은 장유정은 ≪오빠는 풍각쟁이≫라는 책을 썼다. 그 책머리에서 그는 힘들고 외롭던 대학생시절, 어느 날 새벽 텅 빈 버스에서 귀가 아플 정도로 크게 들려오던 뽕짝 트로트 한 곡을 듣고 그만 꺼이꺼이 목 놓아 울어버렸다고 고백하였다. "우리가 천박하고 저속하다고 비난하던 그 어떤 노래가 다른 누군가에게는 삶을 살아가게 해주는 위로와 위안이 될 수 있다."는 저자 장유정의 말은 대중가요 애호가인 나로서는 잊을래야 잊을 수가 없는 말이다.

유행가 혹은 대중가요라면 고개를 돌리는 사람들이 많다. 특히 자기가 엘리트라고 생각하는 사람들 중에서는 더욱 그

〈연락선을 떠난다〉 13

렇다. 그러나 살기가 힘들고 세상이 혼란할 때는 한곡조의 노래도 큰 위안이 되고 웃음거리도 던져주고, 용기도 준다는 사실을 잊어서는 안 된다. 〈연락선은 떠난다〉와 같은 노래는 그 노래가 가진 보편적인 정서와 삶에 대한 진정성이 높기 때문에 듣는 사람들의 공감을 얻게 되는 것이 아닌가.

〈연락선은 떠난다〉의 노랫말을 쓴 박영호도, 멜로디를 붙인 김해송도 찬바람 부는 이북 땅에서 이 세상을 하직하는 눈은 감았다. 무대 위에서 그 노래를 불러 청중을 눈물짓게 하던 장세정도 저세상으로 간 지가 20년이 넘었다. 그 노래가 나온 지 3년 후에 이 세상에 태어난 나는 올해 한국 나이로 80이 된다. 그러나 아직도 나보다 나이가 세 살이나 더 많은 〈연락선은 떠난다〉를 가끔 흥얼거리고 있다.

(2019. 6.)

보름달

　사람들은 달이 커지는 현상을 단계로 구분하여 어떤 이는 초승달을, 어떤 이는 그믐달을, 또 어떤 이는 보름달을 좋아한다며 퍽 요란한 이유를 끌어대서 이야기를 합니다. 그러나 나 같은 두메산골에서 자란 시골뜨기는 '달은 달이지 뭐 그믐달이 좋다든지 초승달이 좋다든지 특별한 구별은 해서 무엇 하느냐' 하는 생각이지요. 여명기의 소설가 나도향은 그믐달을 사랑한다고 했습니다. 그믐달은 요염하며 "감히 손을 댈 수도 없고 말을 붙일 수도 없이 깜찍하며 예쁜 계집 같다."고 했습니다. 한편 소설가 김동리는 한(恨)이 많은 사람들은 그믐달을, 꿈 많은 사람들은 초승달을 사랑한다고 했습니다. 무심한 달 하나를 두고 이렇게 말이 많아서야 되겠습니까? 여기다가 전라도 부안이 낳은 시인 신석정은 1931년 「동광」에 발표한 그의 시 〈님께서 부르시면〉에서 "호수에 안개 끼어 자욱한 밤에 말없이 재 넘는 초승달처럼 그렇게 가오리다 님께서 부르시면…" 하고 초승달을 끌어댔습니다.

나는 보름달을 좋아합니다. 두메산골 생활의 뛰어난 조명구실 때문인 것 같습니다. 어렸을 때 낙동강 가 모래밭에서 이웃동네 아이들과 밤늦도록 어울려 놀던 추억과 뒤엉켜 있으니 보름달을 좋아할 수밖에 없지 않겠습니까. 어느 하나가 좋고 그 나머지는 별 볼일 없다는 것은 아름답다는 말의 의미를 너무 좁게 정한 것은 아닐까요?

달이 밝은 밤, 혼자서 터벅터벅 걷고 있는데 신작로(新作路) 저쪽에서 검은 물체 하나가 이쪽으로 오는 것이 보이면 머리끝이 쭈뼛, 신경이 곤두서지요. 혹시 나쁜 사람은 아닐까? 왜 하필 좋은 사람이 아니고 나쁜 사람이면 어쩌나 하는 걱정을 할까요?

아마도 형님, 누나들에게서 들은 이야기들, 이를테면 밤에 일어난 살인사건, 강도질, 도둑질 따위의 이야기는 수없이 듣고 밤길 조심하라는 충고는 귀가 아프도록 들었기 때문인 것 같습니다.

긴긴 가을밤이나 겨울밤 어른들이 들려주는 무시무시한 이야기의 무대는 거의가 깊은 밤, 어느 외딴집에서 시작되지 않습니까? 내가 들은 이야기의 많은 무대가 신작로였기 때문에 착한 사람보다는 악한 사람이 아닐까를 걱정했던 것이지요. 지나갈 때 갑자기 "야, 이거 동렬이 아이가(아닌가)? 니(너) 와 이레(이렇게) 늦었노?" 하는 동네어른을 만나면 얼마나 반갑고 마음이 놓이는지—.

현대수필가 윤오영의 〈달밤〉이 있습니다. 이 수필은 보통길이의 채 반도 못 되는 아주 짧은 글이나 수필문학의 고전으로 꼽힙니다. 수필의 이야기는 어느 날 달이 무척 밝은 밤으로 시작되지요.

내가 잠시 낙향해서 있었을 때의 일.

…달이 몹시 밝았다. 서울서 이사 온 윗마을 김 군을 찾아갔다. 대문은 잠겨있고 주위는 고요했다. 나는 밖에서 혼자 머뭇거리다가 대문을 흔들지 않고 그대로 돌아섰다. 맞은 편 집 사랑 툇마루엔 웬 노인이 한 분 책상다리를 하고 앉아서 달을 보

고 있었다. …두 사람은 말이 없었다.

이렇게 두 사람이 앉아서 말없이 달을 보며 있다가 노인이 내오는 무청김치며 막걸리 한 사발을 마시고 나옵니다. 이렇게 두 사람이 아무 말 없이 앉아 오랫동안 있었다는 이야기는 칼라일과 시인 에머슨이 처음 만났을 때 이야기에도 나옵니다. 이 둘은 생전 처음 만나서 인사를 나눈 뒤 서로 30분을 아무 말 없이 앉아 있다가 칼라일이 일어서면서 "오늘 참 재미있게 놀았습니다."며 방을 나갔다고 합니다.

우리나라에서는 우암(尤庵) 송시열과 양파공(陽坡公) 정태화의 일화에서 이와 비슷한 면을 찾아볼 수 있습니다. 당시 영의정이던 양파공은 동생 치화와 자기 집에서 얘기를 나누던 중 우암대감이 갑자기 방문했다는 청지기로부터의 전갈이 왔습니다. 우암을 극히 싫어하던 동생 치화는 "형님, 나 그자와는 얼굴도 마주보기 싫으니 다락에 올라갔다가 그자가 가고 난 다음에 내려오겠습니다."며 다락으로 올라가 버렸습니다. 다락에 올라간 동생 치화가 아무리 기다려도 방에서 인기척 소리는 들리지 않았습니다. 우암이나 양파공 둘 다 말이 없는 사람들이니 10여 분간 입을 다물고 있었지요. 우암이 돌아간 줄 잘못 판단한 치화는 "형님, 그 자식 갔습니까?" 하고 큰 소리를 냅다 질러버렸습니다. 입장이 난처해진 양파공은 "아, 아까 왔던 과천 산지기는 돌아가고 지금은 우암대감이 와 계시네." 하고 둘러댔답니다. 우암이 가고난 뒤 양파공은 다락에서 내려온 동생에게 "나는 네가 내 뒤를 이어 영의정에 오를 수가 있을 것으로 생각했는데 오늘 보니 그만한 그릇이 못 된다는 것을 알았네." 했답니다.(동생도 나중에 영의정에 올랐습니다.)

사바(沙婆)세계의 흥망성쇠(興亡盛衰)의 사연을 알 리 없는 저 달은 오늘도 뜨고 지기를 거듭합니다. 가슴속에 떠나지 않고 어려 있는 천추(千秋)의 정한(情恨), 사랑하던 연인과 헤어진 애처로운 별리(別離)를 보지 못 했던가, 달은 무심하게 우리에게 왔다가는 무정하게 우리 곁을 떠나버립니다.

이렇게 하면서도 사랑을 잃은 이나 사랑을 얻은 이의 기쁨이 되는 달은 만인의 연인이요 거울이며 방패막이요 초원(草原)이라고 할 수 있지 않겠습니까.

(2018. 8.)

매미 잡던 시절

한국 E여대에 있을 때 일본 고베에서 열리는 학회에 간 적이 있다. 머무르던 호텔에서 아침을 끝내고 지하철 정거장까지 걸어가는데 가는 길 양쪽으로 서 있는 가로수에서 매미들이 얼마나 시끄럽게 울어대는지 처음 듣는 순간은 "이게 정말 매미소리 맞나?"는 의심이 들 정도로 소리가 크고 우렁찼다. 한 놈이 독창으로 뽑는 게 아니고 여러 놈들이 합창을 해대니 내 귀가 어두웠던 게 다행이지 아니면 고막 파열로 이비인후과 의사 신세를 져야 할 뻔 했다. 이 매미 녀석들은 한번 울기 시작하면 어찌나 열심히, 정성스럽게 울어대는지 호텔직원의 말이 옆에서 대포를 쏴도 아랑곳 않을 정도라고 한다.

E여대 내 사무실(북미대학에서는 사무실, 한국에서는 거창하게 연구실이라고 부른다.)이 사회과학관 6층에 있었기에 창밖으로는 사무실 밑으로 키가 큰 나무들이 내려다보인다. 이 나무들을 매미가 좋아하는지 늦여름이면 낮에는 물론 밤늦게까지 매미가 울어대곤 했다. 요새는 밤에 가로등 불빛이 밝기 때문에 매미들이 밤낮을 구별하는 능력이 없어서 전깃불을 대낮으로 알고 그렇게도 열심히 울어댄다는 것. 그러나 이것도 어디까지나 인간 편에서 한 생각, 매미 편에서 보면 "전기불이 대낮같이 밝구나. 이 좋은 세상에 내가 앞으로 살날이 꼭 엿새밖에 안 남았네. 허무한 인생, 실컷 노래나 부르다가 저세상으로 가자."고 생각하는지 누가 알랴.

중학교 다닐 때 여름 방학이 오면 과제로 곤충채집을 해서 학교에 제출하라는 선생님의 말씀이 생각난다. 아마도 이런 과제를 낸 선생님들의 의도는 곤충채집을 하는 사이에 학생들이 농촌 환경, 즉 자연에 대한 이해와 애착을 높이려는 것이 주 목적이었을 것이다. 그러나 내 생각으로는 의무적인 곤충채집은 자연에 대한 이해는커녕 곤충대학살을 내리는 명령에 지나지 않는 것 같다. 곤충채집하면 떠오르는 것이 매미, 잠자리, 나비, 아니면 메뚜기 일 것이다. 하나같이 사람에게 해를 주는 곤충은 아니다. 그런데도 이들을 잡아 죽여서 학교에 갖다 바치라는 명령이다.

매미는 이렇게 소리 내어 울며 일주일을 땅 위에서 살려고 땅 밑에서 5년이 넘는 유충기간을 보낸다고 한다. 가련한 매미. 이동렬의 여름방학 숙제를 위해서 포로가 되어 희생된 매미는 한여름에 모두 10마리는 되지 싶다. 과제용 매미는 잡아서 굶겨 죽이던지, 날카로운 바늘로 등을 찔러 천당에 보내야지 조선 때 죄수를 다루듯 능지처참을 해서는 안 된다. 물론 먹이도 주지 말고 있는 그대로 천천히 굶겨 죽이는 게 제일 좋은 방법이다. 나는 어릴 때 곤충만 보면 무조건 밟아서 죽여 버리지 않으면 이리저리 끌고 다니며 못살게 굴다가 내던져 버리곤 했다. 내가 왜 그리 잔인한 짓을 했을까? 남들도 다 그렇게 하는데 나도 따라한 것 밖에 없다. 어렸을 때는 미물들이 약자라는 생각은 한 번도 해 본 적이 없었다.

나처럼 곤충을 못살게 구는 것도 약자에 대한 강자의 횡포로 볼 수 있다. 그러니 학교에서 곤충채집 같은 과제를 주는 것은 상대가 약자일 때는 강자로서의 주먹을 마음껏

휘둘러도 된다는 것을 가르치는 것과 마찬가지라 할 수 있다. 인간 사회에서만 강자와 약자가 있는 것은 아니다. 약자는 이 세상에 살아있는 모든 생물, 그러니까 동물이나 풀벌레 같은 곤충들도 인간에게는 약자에 속하는 것이다.

강자와 약자의 규정은 생물A와 B중에서 누가 누구의 삶을 통제할 수 있느냐로 결정되는 것. 예로, 생물A인 뱀은 생물B인 생쥐의 생활을 통제할 수 있기 때문에 B는 A에 비해 약자라 할 수 있다. 옛날 신라 때 화랑도 계율(戒律)에서 살생유택(殺生有擇)이라 하여 함부로 생물을 죽이지 말라고 한 것은 인간의 사랑은 매미나 두꺼비, 잠자리 같은 모든 약자에까지 이른다는 부처의 말씀을 일러준 것이다. 인간의 사랑은 동물에까지 확장되어야 한다는 말이다.

매미는 우는 것일까, 노래하는 것일까? 우는 것이라면 무슨 눈물 흘려야 할 사연이 그렇게도 많으며 노래를 한다면 재미있고 즐거운 일이 그리도 많단 말인가? 그런데 녀석들이 내 손에 포로가 되는 순간 계속해서 우는 놈은 없다. 이걸 보면 그들이 자유롭게 나무에 붙어있을 때는 울음이 아니라 노래를 하고 있었음이 틀림없는 것 같다. 인간의 포로가 되는 순간이 얼마나 참혹하고 슬픈 순간이랴. 이 비장한 순간에 울지 않는다는 것은 하늘이 무너지는 듯 한 슬픔을 느끼는 순간일 것이다.

고향생가 역동집 뒤로 가면 펑퍼짐한 밭에 8–10그루의 대추나무가 있다. 여기가 바로 나의 매미 학살장, 영어로는 killing field. 매미가 대추나무 수액을 좋아하는지 여기에 오면 네다섯 나무에서 매미가 붙어있다. 개학이 가까워오는 늦여름이면 나는 부랴부랴 곤충채집 숙제를 하느라 그 대추나무 밭을 자주 찾곤 했다.

그 밭에 있던 대추나무들은 없어진지 오래다. 그 대추나무에 열린 대추를 따 먹으며 뛰놀던 아이들도 자라서 노인이 되어 대부분 저세상으로 갔다. 방학 숙제를 한다고 당시 최신무기 말총그물을 만들어 가지고 살금살금 발소리를 죽여 가며 매미 목에 올가미를 씌우려던 소년 이동렬은 나이가 올해 일흔아홉이다. 그때 내가 잡아서 학교에 제출하려던 매미들의 까마득한 후손들은 다른 곳, 다른 나무에 가서 "인생은 즐거워라" 목청을 높여 노래하고 있을 것이다.

(2018. 3.).

마음을 보듬는 시조

　나는 기분이 좋거나 울적해지면 노래를 부르는 습성이 있다. 기분이 좋으면 그 기분 좋은 상태를 조금이라도 더 오래도록 유지하기 위하여, 울적하면 울적한 기분에서 벗어나기 위해서다. 지금도 자동차를 몰고 길에 나서면 자동차 안에서 흘러간 가요를 부를 때가 많다. 우리 집에서는 집 안에서 노래는 못 부르게 하니 어릴 때는 아버지가 집에 안 계시는 날에, 커서는 자동차 안에서 내 마음대로 운전대를 두드리며 장단을 맞춘다.

　어릴 적 밤늦게 예안읍에서 혼자 생가 역동집으로 돌아올 때는 인가가 없는 청고개를 넘어야했다. 양쪽 산에 있는 무덤 속에서 귀신이 나와 뒤에서 내 목을 꽉 잡으며 '동렬이 이놈!' 할 것 같은 공포가 엄습할 때는 온몸이 얼어붙는다. 이런 비상상황에는 목이 터져라 크게 노래를 부르며 고개를 넘곤 했다. 이때 부르는 노래는 주로 용감무쌍한 군가가 대부분.

무찌르자 오랑캐 몇 백 만이냐
대한 남아 가는데 초개로구나
나가자 나아가 승리의 길로
나가자 나아가 승리의 길로

이런 씩씩한 노래를 힘차게 부르는데 아무리 귀신이라 한들 이 용감한 소년에게 어찌 함부로 덤벼들 생각을 하겠는가.

나는 웨스턴 온타리오 대학교에 직장을 얻은 후부터 내 기분을 새롭게 하는 방법으로 우리의 옛시조를 읽는 새 버릇이 생겼다. 틈만 나면 우리의 옛시조를 흥얼거렸다. 한창때 나는 우리의 옛시조 300수 정도를 외웠으니 화장실에서나 길을 걸을 때 시조를 외운다는 것은 내게 그다지 힘든 일은 아니다. 아마도 웨스턴 온타리오 대학에서는 강단에 서야 하는 스트레스를 줄이기 위한 꾀로 시작한 것이었지 싶다.

감장새 작다하고 대붕아 웃지마라
구만리 장천에 너도 날고 나도 난다
두어라 일반비조(飛鳥)니 너와 내가 다르랴

위에 적은 숙종 때의 무신 이태의 시조를 읊으면 내가 다른 백인 교수에 비해 못한 것이 뭣이냐는 항의성 자기주장이니 2배 3배 넘는 용기가 용솟음친다. 주먹 한 번 휘두르지 않고 이긴 것 같은 용기—.

우리의 감정을 새롭게 바꾸는 것은 노래나 시조뿐이 아니다. 우리가 행하는 행동 모두가 우리의 감정을 끊임없이 바꾸고 있다고 할 수 있다. 맑은 하늘에 몇 점 구름이 떠가는 날 숲길을 따라 산책을 나서는 것도 기분전환, 술을 한잔 마시며 좋은 친구와 세상 돌아가는 이야기를 나누는 것도 기분전환이요, 좋은 붓글씨나 그림을 구경하는 것도 기분전환이 된다. 그러니 우리가 아침 잠자리에서 일어나 하는 모든 행동이 어떻게 하느냐에 따라 우리의 기분을 쥐었다

폈다 하는 것이 된다.

사람의 감정이란 그 사람이 어떤 행동을 하느냐에 따라, 그 결과가 유쾌한 행동을 하면 기분이 좋아지고 결과가 괴롭거나 슬픈 행동을 하면 기분이 우울해진다. 우울증으로 고생하고 있는 사람들의 특징 하나는 결과가 슬프거나 유쾌하지 못한 생각이나 행동을 자꾸 되풀이하면서 우울증이 없어지기만 바라고 있는 것이다. 처음에는 마음에 내키지 않는 행동도 그것이 유쾌한 결과를 가져올 행동이라면 억지로라도 그 행동을 하고 나면 유쾌한 감정이 뒤따르는 것이다.

나는 몇 주 전에 마음을 보듬는 시조 한수를 얻기 위해서 다음과 같은 소란을 피운 적이 있다. 얘기는 이렇다. 나는 노래대신 자주 흥얼거리는 시조 구절이 하나 있다. "…오뉴월 하루 해가 이다지도 길다더냐/ 인생은 유유히 살자 바쁠 것이 없느니." 이 시구는 노산(鷺山) 이은상의 〈적벽놀이〉라는 기행수필에 나오는 시조다. 지금부터 꼭 67년 전 내가 내 고향 안동에서 중학교를 다닐 때 국어시간에 배운 시조다. 그런데 나는 이 시조의 맨 처음 시작을 잊어버려 중장과 종장만을 기억하고 있었다. 무슨 일을 당해서건 내가 너무

성급하게 군다는 생각이 들때면 "오뉴월 하루 해가 이다지도 길다더냐/ 인생은 유유히 살자 바쁠 것이 없느니."로 끝나는 시조 구절만 외면 먼지 날리는 황토 길에 물을 뿌리는 것처럼 내 마음이 차분히 가라앉곤 한다. 그래서 나는 이 시조를 무척 좋아한다.

그런데 앞에서 말했듯이 문제는 이 시조의 시작, 즉 초장을 잊어버려 생각이 안 난다는 것이다. 내깐에는 무진 애를 썼으나 헛수고였다. 방법이 없어서 몇 주 전 어느 날 나장환 형에게 전화를 하고 "나형도 틀림없이 국어시간에 배웠을 테니 좀 찾아 달라."고 실로 애절한 부탁을 했다. 나형은 나와 동갑. 지금부터 한 30여 년 전 내가 런던 온타리오에 살 때 조지훈의 시 〈빛을 찾아 가는 길〉의 시작을 잊어버려 찾고 있었다. 그때 나형의 도움으로 그 시의 시작을 찾아냈다. 이것이 나와 그의 교제의 시작이었다. 나형은 뛰어난 기억력에 책을 많이 읽는 선비 타입의 노인. 조선 시가(詩歌)에 대한 실력이 만만치 않은 것으로 안다. 그래서 나는 사람들 앞에서 시가를 좀 아는 체 혼자 떠들다가도 나형이 있을 때는 입조심을 한다.

그런데 생각 외로 나형에게서 빠른 답이 왔다. 노산의 〈적벽놀이〉를 찾았다는 것이다. 그 시조는 다음과 같다.

적벽유(遊)
백년도 잠깐이요 천년도 꿈이라거든
여름날 하루 해가 그리도 길더구나
인생은 유유히 살자 바쁠 것이 없느니

"여름날 하루 해가 그리도 길더구나"를 나는 "오뉴월 하루 해가 이다지도 길다더냐"로 잘못 기억하고 있었다. 그러나 나의 잘못 기억한 파편이 노산의 오리지널보다 못하지는 않다는 건방진 생각이 들자 가슴이 뿌듯해졌다.

인간의 기억을 연구하는 심리학자들의 말을 들어보면 장기기억으로 머릿속에 일단 저장된 정보는 처음 저장된 상태로 고정되어 있는 것이 아니라 새로 들어온 정보에 따라 먼저 저장된 기억 내용이 흘러나온 용암이 천천히 모양을 바꾸듯 기억된 내용도 바뀐다고 한다.

"여름날 하루 해"가 "오뉴월 하루 해"로, "그리도 길더구나"

가 "이다지도 길다더냐"로 바뀌어 있었다. 배운 지 67년 세월이 흐르고 나서 이 정도로 원본 못지않게 근사한 형태로 기억하고 있다는 것도 대견한 것. 칭찬이 마땅하다는 어린아이 같은 생각도 들었다. 그러나 우선 보배 같은 시조를 한 수 얻게 되었다는 흥분 속에 나형에게 고맙다는 전화인사도 깜빡 잊고 며칠을 보냈다.

우리의 마음을 들뜨게 하거나 가라앉히는 힘을 주는 것은 비단 노래뿐이 아니다. 그림이나 시(詩)나 소설 같은 예술작품 모두가 우리 마음을 움직이는 것이다. 또한 마음을 움직이는 것도 예술의 장르(genre)에 따라 조금씩 다르겠지마는 어릴 때 익혀둔 시가(詩歌)는 어린 시절을 되살려 오는데 일종의 촉매제 역할을 한다. 마치 홍난파의 〈고향의 봄〉을 나직이 부르면 고향마을이 눈앞에 살며시 내려앉는 것처럼—.

내가 안동에서 중학교를 다닐 때 국어를 가르치던 선생S는 매우 엄격한 사람이었다. 짧은 말 짓기에서 잘 못하면 그 커다란 손으로 내려치는 출석부 형벌이 모하메트 알리한테 머리를 한방 맞은 것이나 다름없어 보였다. 나는 한 번도 맞아보진 않았다. 아마 내가 무척 아첨을 잘하고 귀엽게 굴었던 모양이다.

　이제 세월은 무정하게 흘러 내 나이 어느덧 여든. 잃어버린 시 구절은 기적적으로 나에게 되돌아왔다. 백년도 잠깐이요, 천년도 꿈이라던 그 세월은 경상도 안동에서 흐르던 세월이나 찬바람 부는 캐나다 토론토에서 흐르는 세월 간에 아무런 차이 없이 흐른다.

(2019. 5.)

기지(機智)

내 생각에 나는 재치 혹은 기지(機智)랄까 더 넓게는 해학이나 순발력이 별로 없는 사람이라고 생각한다. 그러나 순발력이나 기지가 있는 사람으로 보이려고 애는 쓰는 편이다. 예로 누구와 이게 옳은가 같은 논쟁을 할 때도 상대의 허점을 그 자리에서 날카롭게 지적해서 공격하지 못하고 집에 돌아와서 곰곰이 생각한 끝에 '이렇게 말했더라면 상대가 꼼짝 못했을 텐데…'하고 후회한다. 그야말로 버스 지나간 후에 손 흔드는 꼴이다. 내가 왜 그럴까?

선천적으로 그런 집안에서 태어나서 그렇다고 조상을 나무랄 수도 있고 후천적으로 누구와 말다툼을 하며 자란 분위기에 휩싸여 보질 못해서 그렇다고 할 수도 있을 것이다.

나는 집안 식구들과는 물론이고 학교 친구들과도 경쟁에 신경을 써가며 소년시절을 보내지는 않았다.

우리 집 가풍(家風)도 무시할 수 없다. 나는 어릴 때부터 집에서 형제들 간에 말싸움을 한다든지 누구와 다투며 살지는 않은 것 같다. 막내아들이라서 야단을 맞으면 맞았지 말싸움을 해본적은 없다고 해도 틀린 말은 아닐 것이다. 그놈의 군자가 뭔지 사내는 군자다워야 한다며 항상 몸놀림은 물론 마음도 비교적 무겁게 가지며 뭣을 좀 아는 체라도 하면 너무 촐랑댄다고 야단을 맞곤 했다. 이렇게 몸과 마음을 슬로모션(slow motion)으로 살다보니 나는 세상에 보기 드문 굼벵이가 되고 말았다.

요새는 유투브를 통해서 한국에서 국회의원들이 청문회 자리에서 자기네들끼리 논쟁하는 것을 많이 본다. 나는 국회의원이란 말을 들으면 골은 텅 빈 사람들이 요란스레 빈 말만 떠들고 다니는 사기꾼 내지 허풍선이들로 알고 있었다. 그러나 웬걸 그들이 말하는 것을 보면 이리저리 혓바닥을 개 혀처럼 굴리며 말을 어찌나 요령 있게 잘하는지 놀라지 않을 수가 없었다. 나 같은 사람이 그 자리에 있었으면

입도 한번 뻥긋 못했을 것 같다. 그들은 골이 빈 사람들이라며 손가락질하는 사람들이 있는데 천만에 말씀. 아무리 그들 보좌관들이 말한 것을 적어 준다지만 상대의 주장에 그렇게도 빨리, 논리에 맞게, 말대꾸를 할 수가 있단 말인가ㅡ.

말하는 능력은 그 사람의 새롭고 기발한 아이디어를 낳는 힘, 즉 기지나 해학을 만들어 낼 수 있는 힘과도 관계가 있는 것 같다. 나는 여기에서도 별로다. 기발한 아이디어를 내는 것은 창의력과도 관계가 깊다. 예를 들면, 옛날 서울 뒷골목을 걷다보면 방뇨(放尿)하지 말라는 권고로 "방뇨하면 절대로 안 됩니다."류의 충고가 대부분이나, 어떤 곳은 방뇨하면 "귀하의 연장을 싹뚝 잘라버리겠다."는 의미로 가위를 크게 그려놓은 것을 볼 수가 있었다. 약간 으스스한 기분이 들긴 하나 방뇨하면 절대로 안 된다는 말보다는 훨씬 재치가 있는 메시지가 아니가. 변기를 두고도 잘 못해서 변기 바로 앞이 늘 지저분하게 물바다를 이루는 경우가 많다. 이것도 "조준을 정확히 하십시오." 따위의 진부한 충고보다는 "남자가 흘려서 안 되는 것은 눈물만이 아니잖아요."하는 애교 있고 부드러운 기지에 찬 경고도 재미있다. 여기에 단연 압권은 "Your penis is not as long as you imagine." 이다. 우리말로 옮기면 "당신의 연장은 당신이 상상하는 것처럼 그렇게 길지는 않습니다."라는 경고다. 이런 경고에도 불구하고 물바다를 만들어놓고 가는 사람들은 글쎄, 비뇨기과에 가서 소변이 흘러나오는 경로(徑路)와 유속(流速)에 대한 철저한 검사를 받아야 할 것이다.

기지나 해학이 풍부하자면 매일 매일의 생활에 여유나 느긋함이 있어야한다는 말을 들었다. 비행기시간에 늦어서 허둥대는 사람이 해학을 즐길 여유나 한가로움이 어디 있겠는가. 아버님께 들은 일화 하나. 내 수필 어디에서 한 번 한 얘기지만 여기에 한 번 더 써먹는다. 조선말기 이하응이 아들 재면(고종)의 아버지로서 대원군이 되어 나라의 권력을 쥐락펴락할 때의 일이다. 한 젊은이가 대원군을 찾아와서 넙죽이 절을 하였다. 그러나 대원군은 이를 보지 못했는지 아무 답례가 없었다. 대원군에게 눈도장을 찍고 싶은 욕심에 그 젊은이는 또 한 번 절을 하였다. 모르고 있을 줄 알았던 대원군이 소리를 버럭 지르며 "내가 죽은 송장도 아닌데 왜 나한테 절을 두 번이나 하는가?"며 꾸짖었다. 난처해진 젊은이의 기막히게 재빠른 대답 "첫 번째 절은 소인 왔다는 절이고, 두 번째 절은 소인 물러간다는 절입니다." 라고 둘러댔다. 나 같은 사람에게서는 10분 아니 100분을 기다려도 이런 신통한 대답은 나오지 않을 것 같다.

날카롭고 기지에 찬 말을 주고받는 논쟁 따위에서 오는 말솜씨를 배우자면 교회 같은데 나가서 입 놀리는 연습을 많이 해야 한다. 그런데 지금 와서 말하는 솜씨를 키우겠다고 어디에 나간다는 것도 세상의 웃음거리임을 면치 못할 것이 아닌가. 모자라는 말솜씨, 기지를 발휘해서 나를 단단히 무장시킨들 어디에다 써 먹을 것인가. 입이 하나고 귀가 둘인 것은 말하기 보다는 듣기를 두 배로 하라는 말일께다. 지금 와서 뭣을 뜯어고치려는 욕심만 줄이면 마음도 맑아지고 오래오래 산다는데―.

이제는 기지(機智)고 뭐고 다 틀렸다. 올해로 내 한국 나이 80, 쓸데없는 생각 말고 아침저녁 양치질이나 부지런하고 귀도 깨끗이 씻고 세상 돌아가는 얘기나 들으며 살자. 얼마 안 있어 천국 가는 문이 스르르 열린다고 한다.

(2019. 6.)

가지(機智) 37

〈낙화유수〉

나는 안동과 대구에서 잔뼈가 굵은 놈. 이 두 곳이 길러준 것이 있다면 그것은 '프라이드와 용기'이 두 가지였을 것입니다. 아참, 또 하나가 더 있네요. 주책도 여기 넣어야겠습니다. 서울에서 학교를 다닌 반 아(아이)들 (나는 이들을 귀족이라 불렀습니다.)에 대해서는 공연한 경쟁심을 느끼곤 했습니다. 이들에 뒤지지 않으려고 애썼다는 것은 이들에 대한 열등감이 그만큼 컸다는 말이겠지요.

오랜만에 서울에서 대학 클래스메이트 C를 만났습니다. 젊었을 때는 얼굴이 그야말로 백옥(白玉)같이 흰 선풍도골 (仙風道骨)이었는데 만나 보니 그녀석도 세월의 풍화작용을 너무나 쉽게 찾아 볼 수 있을 정도로 쪼그라들었습니다. C

는 다음과 같은 나에 관한 추억담을 얘기해 주었습니다. "동렬이, 니(네)가 하루는 반 아(아이)들을 전부 청량대(학교 뒷동산)에 오라카더니 미래의 선생은 이런 것도 알아야 한다며 유행가 〈낙화유수〉를 가르쳐 주더라."는 이야기입니다. 내가 청량대에서 노래를 불렀다하니 나는 생각도 안 나는 일. 그러나 내가 그때 〈낙화유수〉같은 유행가를 좋아했던 것은 틀림없습니다. 나의 대중가요에 대한 열정을 생각하면 C의 말이 맞는지도 모르지요.

C의 회상이 맞다면 그때 노래를 가르쳐준다고 청량대까지 오라고 오죽이나 부산을 떨었겠습니까? 서울출신 귀족들은 "웬 더벅머리 촌놈이 우리에게 그 천한 유행가를 가르쳐준다고 온 동네를 시끄럽게 하냐?"고 입을 삐죽댔을 것입니다. 그때 나로부터 〈낙화유수〉를 배우던 서울 귀족들이고 평민이고 80고개를 넘어서 날로 허리가 굽어가는 노인들이 되었습니다. 그러나 C의 말이 맞다면 그때 배워둔 〈낙화유수〉 때문에 그들의 인생 행복지수는 10점은 더 올라갔을 거라고 속으로 으쓱해합니다.

내가 유행가를 좋아한 것은 어제 오늘의 일이 아닙니다.

아주 어렸을 때부터였지요. 그 시골구석에 어떻게 해서 우리 집에 길고 가느다란 나팔 앞에 강아지 한 마리가 귀여운 자세로 앉아있는 유성기(留聲機) 한 대가 굴러 들어왔습니다. 유성기에서 〈낙화유수〉, 〈진주라 천리길〉, 〈울며 헤어진 부산항〉 같은 대중가요를 늘 듣곤 했지요. 할 것도 볼 것도 별로 없는 벽촌에서 유성기는 나의 음악선생이요 음악에 대한 취미를 길러주는 반려견이었습니다.

> 이강산 낙화유수 흐르는 물에
> 새파란 잔디 얽어 지은 맹세야
> 세월에 꿈을 실어 마음을 실어
> 꽃다운 인생살이 고개를 넘자

김다인이 가사를 쓰고 이봉룡이 작곡한 노래입니다. 이봉룡은 〈목포의 눈물〉을 불러 세기의 가수가 된 이난영의 친오빠지요. 내가 대학교 1학년 때 반 아이들과 〈낙화유수〉를 불렀다면 61년 전의 일이 아니겠어요. 내가 이 노래를 지도했다면 지금같이 복사기로 깨끗이 인쇄된 가요가 아니라 그때말로 '가리방'으로 긁어서 한 장씩 뽑아낸 것이 틀림

없을 것 같습니다.

내 음악적 재능만 탁월했더라면 노력을 해서 조그만 관현악단 단원 자리라도 꿈꿔 볼 수 있지 않았겠습니까. 그러나 나는 음악이라면 음정, 박자, 리듬에 모두 '치(痴)'자를 붙여야 될 사람이니, 다리를 저는 사람이 축구선수를 꿈꾸는 것과 마찬가지지요. 어쩌다가 미관말직 단원으로 들어갔다 해도 실력 부족으로 일찌감치 퇴출당했을 것입니다.

이 〈낙화유수〉는 작사자와 작곡가 둘 중에 한명이 월북을 했다는 죄로 금지곡이 되었습니다. 이들은 사상과는 아무 관련이 한동안 없었고 이 노래를 듣는 사람들도 이념과는 아무 상관이 없는 것이 명백한 사실인데도 금지곡으로 정해져서 부를 수가 없게 되었었지요.

그러나 이들 노래가 대중의 감정 속에 파고든지 이미 오래지요. 일시적으로 반짝하다가 없어진 유행가가 아닙니다. 이들 노래는 민요처럼 우리 속에 이미 흡입되어 도도히 흐르고 있는 감성의 핏줄이 되었습니다. 노래를 만든 사람들이 월북을 했다고 이 노래가 영원히 사라지고 말 줄 아십니까? 천만에ㅡ.

(2019. 6.)

거꾸로 간 세월

    나는 지금 캐나다 밴쿠버에서 미국 알래스카로 가는 유람
선위에서 이 글을 쓰고 있습니다. 평생 처음 타보는 유람선,
말로만 듣던 유람선에 이 경상도 촌뜨기가 몸과 마음을 송
두리째 맡기고 있습니다. 바라지도 않았던 작은 아들 내외
의 초청으로 이런 호강을 하게 되었습니다. 알래스카에 간
다고 하니 52년 전 일이 문득 생각이 났습니다. 여름방학
때 학교에서 나오는 장학금 외에 돈을 더 벌어보려고 알래
스카에서 고기잡이배를 타면 (사실은 불법이지요.) 수입이 좋
다고 해서 거기도 원서를 냈는데 합격하질 못했던 일―.
    유람선에는 세계의 온갖 나라사람들이 북적거립니다. 아
침에 같은 테이블에 앉아 아침을 먹던, 나보다 나이가 대여

섯 살 많아 보이는 부인은 유람선 여행이 이번이 마흔 일곱 번째 라면서 오는 시월에는 또 어디로 유람선 여행이 예약되어 있다고 하더군요. 유람선 손님 간에는 별 깊은 애기는 없고 그저 어느 나라에서 왔느냐, 먼저 번 여행은 어디로 갔었느냐 같은 걸도는 이야기만 주고받다가 헤어집니다. 유람선에서 일하는 종업원들은 명랑과 친절이 몸에 밴 것 같았습니다.

   팁은 여행비에 포함되어 있기 때문에 별도로 줄 필요는 없다고 합니다. 그러나 이렇게 친절하게 봉사해주는 사람들에게 어떻게 그냥 가만히 받고만 있을 수 있겠습니까. 그래서 집사람은 남몰래 종업원손에 팁을 쥐어주곤 했습니다. 나는 못 본 척 했지요.

   나는 이들이 처자식 먹여 살리려고 이렇게 낯설고 물설은 타향에 와서 배를 타고 다녀야 하는가 하는 생각이 들어 그들을 보는 눈길이 자꾸만 애처로워 집니다. '이 사람들도 언젠가 여유가 있으면 가족들을 데리고 이 같은 유람선에서, 이번에는 종업원이 아니라 어엿한 승객으로 여행할 날이 오겠지.' 하는 마음 간절합니다.

캐빈(cabin)밖에 놓인 의자에 앉아 망망대해를 눈앞에 두고 무슨 생각을 할까요. 세상일은 모두가 저쪽에서 벌어지는 것, 나는 그것들과는 아무런 관계가 없이 살고 있는 사람처럼 느껴집니다. 어릴 때 있었던 일, 20, 30,···60, 70년 전, 까마득한 옛날에 있었던 일들이 자꾸만 튀어나옵니다. 내용은 별것 아닌 것들이 대부분이지요. 한 가지만 얘기를 하렵니다. 우리 아이들은 어려서 피아노를 배웠습니다. 피아노 학년으로 7학년을 하고는 피아노를 그만 배우겠다하여 그만두고 말았습니다. 그런데 우리 아이들은 한 번도 키와니스(Kiwanis) 같은 음악경연에는 나가보질 않았습니다. 내가 아이들의 애비로써 허락을 하지 않았기 때문이지요. 어디서 배운 개똥철학인지는 모르겠으나 나는 키와니스 경연에 나가서 사람들의 박수를 받고 신이 나서 또 연습하는 것을 좋아하지 않았습니다. 음악에 대한 내적흥미를 발동시켜 피아노를 연습해야 된다고 잘못 생각했었지요. 이것이 말도 안 되는 말이라는 것은 내가 색소폰을 배워보고 나서야 잘못되어도 크게 잘못되었다는 것을 깨달았습니다.

　나 같은 어른도 사람들 앞에서 박수도 받고 칭찬을 들으면 기분이 으쓱, 더 연습을 열심히 하게 되지요. 이러다보면 음악 자체에 대한 내적흥미도 일어나는 것이 아니겠어요. 초등학교 3학년이 될까 말까한 어린아이에게 음악에 대한 내적흥미를 발동시켜 연습을 해야 한다는 무식한 부모노릇을 했으니 기가 찰 노릇이지요. 선무당이 사람 잡는다는 말은 바로 이런 경우를 두고 하는 말이 아니겠습니까.

이런 잘못도 만경창파에 떠가는 일엽편주에서는 얼마든지 내 잘못이었다고 말할 수 있습니다. 왜 육지에서는 안 되고 유람선에서는 되는지 나도 모릅니다. 언젠가 아침 테이블에서 이 얘기를 했더니 가만히 듣고 있던 아들놈이 빙긋이 웃으면서 "그게 뭐 그리 중요합니까?"라는 짧은 대답을 하더군요. 더 밝고 명랑한 얘기나 하라는 말 뒤의 말인 것 같습니다.

군중 속에서 외로움을 느껴보기가 가장 쉬운 곳이 유람선 여행이 아닐까하는 생각도 해봅니다. 이 배에서 만나는 사람들은 말할 수 없이 친절하고 예의가 바르더군요. 그러나 딱 거기까지. 부부사이가 모두 행복하고, 부모와 자식 사이가 모두 좋은 효부효자들만 유람선을 탄 것은 아니겠지요.

배에 오른 사람들 중에는 멀어진 부부관계를 좀 더 다정하게 만들어 보려고, 멀어진 자식-부모 관계를 좀 더 가깝게 만들어 보려고, 직장에서 일을 잘해서 받은 상여금으로, 그 외 별별 이유가 다 있을 것입니다.

유람선은 우리 인간사회에서 일어나는 일에는 흥미가 없다는 듯, 잔잔한 밤물결을 헤치며 조용히 소리 없이 미끄러져 갑니다. 내 생각도 옛날, 그 옛날로 거기에는 아무 원망도, 회한도, 질투도, 눈물도 없는 순정의 그 세상으로 자꾸 다가가는 것 같습니다. 혹시 세월이 거꾸로 가는 것은 아닐까요?

(2019. 7.)

개[犬]

개[犬]보다 주인 말을 잘 듣는 동물이 있을까요? 개는 태어나서 강아지 때부터 주인은 물론 주인과 가깝게 지내는 사람들의 말을 충성스레 잘 듣습니다. 어떤 때는 주인의 호통과 매를 맞아가면서도 멀리 달아나지 않고 주인의 쓰다듬을 받으려고 비굴하다 싶을 정도로 끼끙거리며 주인 주위를 맴도는 것을 가끔 볼 수 있습니다. 개, 고양이, 소, 말, 다람쥐 등 사람과 가까이 지내는 동물 중에는 충성심이랄까 복종심에서 개를 따를 짐승은 없는 것 같습니다. 모든 동물들은 말을 하지 못하나 그들 나름대로 의사표시를 하는 데는 개가 단연 제일 높은 수준의 통신을 한다고 봅니다. 어렸을 때 읽은 동화 〈플랜더스의 개〉 이야기는 아직도 어른들의 가슴을 훈훈하게 해주지 않습니까.

예로부터 우리는 복(伏 : 초복, 중복, 말복의 총칭)날이 되면 개를 잡아먹는 풍습이 있습니다. 개는 영양분이 많은 음식이라서 기운이 허약한 사람에게는 개보다 나은 보양식(補養食)이 없다고 하여 복날이면 개고기를 많이 먹었나봅니다. 한번은 초등학교 때 동네 어른들이 개 한 마리를 소나무에 매달아 놓고 개가 죽을 때까지 두들겨 패는 것을 보았습니다. 얼마나 큰 충격을 받았는지 "나는 앞으로 개고기는 절대 안 먹겠다."고 비장한 선언을 했습니다. 그런데 3일을 못 넘기고 그 구수한 개장국향기에 항복하고 말았던 일이 생각납니다. 자기를 그처럼 돌봐주던 주인에게 맞아죽어(개는 두들겨 패 죽여서 먹어야 제 맛이 난다고 합니다.) 주인의 밥상에 올라 주인이 사랑해준 은혜에 보답하는 거룩한 개도 있습니다. 살신성충(殺身成忠)이라 할까요. 하지만 요새는 서양문화의 압력으로 이 개고기를 먹는 풍속도 많이 줄어들었다고 합니다.

개에는 먹는 구(狗)와 먹지 않는 견(犬) 둘로 구분하는 것으로 알고 있습니다. 구(狗)란 누렁이 황구(黃狗) 혹은 똥개를 말하고, 견(犬)은 독일 종 세퍼드(German Shepherd) 같

은 애완용개로 보면 됩니다. 독일 종 세퍼드 같은 개를 잡아
먹는 사람은 드물지요.

개 하면 나는 조선 헌종, 철종 때의 황오(黃五)라는 사람
의 시에 나오는 개를 잊을 수가 없습니다.

　내 집에 흰 개 한 마리가 있는데
　낯선 사람이 와도 짖을 줄 모르네
　붉은 복사꽃 아래서 잠이 들었는데
　꽃잎이 떨어져 개 콧수염 위에 내려앉더라
　吾家有白犬 / 見客不知吠
　紅桃花下睡 / 花落犬鬚在

한가롭기 그지없는 평화로운 풍경입니다. 우리 사람도
이 개처럼 한가롭게 살 수 없을까요? 내 생가 역동집을 돌
보는 사람들은 개를 시장에 내다팔 목적으로 개 대 여섯 마
리를 키웁니다. 그런데 나는 이 개들이 한 번도 짖는 것을
본적이 없습니다. 태어나기를 워낙 한적한 외딴집에서 태
어나서 일생을 거기서 자라니 오고 가는 사람이 드문데 짖

을 일이 있겠습니까? 개의 일생으로 보면 행복인지 불행인지 선뜻 판단이 서질 않습니다.

개 중에는 낯선 이만 보면 짖어대고 물려고 흰 이빨을 드러내보이며 으르렁대는 놈이 있는가하면, 사람만 보면 좋아라 싱글벙글 달려들고 장난을 거는 놈도 있습니다. 이런 개들의 주인을 보면 많은 경우 그가 데리고 다니는 개와 참 비슷하다는 생각이 들 때가 많습니다.

지금부터 꼭 46년 전 앨버타 레드 디어(Red Deer)라는 도시에 살 때였습니다. 그때 아내는 100마일 쯤 떨어진 앨버타 대학교 기숙사에 있고 나는 장모와 아이들을 데리고 레드 디어에 있었습니다. 주말이면 아내는 아이들 보러 레드 디어에 기차를 타고 오곤 했지요. 아이들이 개를 키우고 싶다고 해서 어디서 개를 한 마리 구해왔습니다. 개는 인물도 좋고 퍽 귀엽게 생겼는데 훈련이 되지 않아 아무데서나 실례를 하는 것이 탈이었습니다. 실례를 하는 것은 어쩔 수 없는 일이나 그 실례를 치우는 것은 장모 몫이었지요. 개를 싫어하시는 장모는 계속 아이들에게 개를 누구에게 줘버리라고 말씀하셨습니다. 그리고 몇 달이 지나서 참고 참았던 장모의 분노가 폭발하고 말았습니다. "개를 내 눈에 안 보이게 하든지 아니면 내가 한국 가서 살겠다." 둘 중 하나를 택하라는 극한 대결이었습니다. 아이들은 한나절을 두고 저 둘이서 비밀회의를 거듭하더니 할머니를 따르겠다고 알려왔습니다. 개는 동물보호협회로 보내기로 결정했지요. 개가 보호소를 가기 위해 집을 떠나던 날, 두 아들녀석들의 구곡간장이 끊어지는 듯한 통곡소리는 얼마나 크고 애절한지, 그야말로 구천(九天)에 가 닿고도 남을 것 같았습니다. 애비인 내가 죽었다 해도 그토록 서럽게 울지는 않았을 것입니다.

정(情)이란 사람과 사람간의 접촉에서만 생기는 것은 아닙니다. 대상이 무엇이든, 그것이 산이든, 들이든, 강이든, 봉우리든, 바위든, 자주모여 놀던 곳이든, 오랫동안 마음을 주었으면 돌아오는 것은 정(情)이라는 미련뿐입니다. 얼마 전 까지도 우리 집 벽에는 둘째아이가 잠시 정을 두었던 그 개를 그리워하며 그린 개의 초상화가 걸려있었습니다. 그 개 그림 밑에는 하얀 크레용으로 WinKy라고 개 이름이 적혀있었지요.

(2019. 8.)

제 2 부

양말 두 컬레

    P교수는 나와 동갑네기로 그가 태어난 곳은 지리산 자락에 있는 산 깊고 물 맑은 S고을입니다. 내가 그를 알게 된 것은 내 수필집 한권이 인연이 되었습니다. 교수휴게실 탁자위에 놓여있던 내수필집≪꽃피고 세월가면≫을 우연히 집어 들게 되어 내 이름을 기억해뒀다가 시내 서점에 가서 나의 다른 책 한권을 사서 읽고 나에 대한 관심이 높아졌다고 하더군요. 대단한 영광입니다. 내가 인편으로 보낸 ≪꽃다발 한아름≫을 읽고 난 후 그가 쓴 책 2권을 보내왔더군요. 그는 나에게 자기아버지 어머니 묘비를 써달라고 하여 용비어천가체로 써드린 적이 있습니다.

    하루는 P교수가 보내온 책을 이리 뒤적이고 저리 뒤적이다가 우연히 정(丁)일권 장군의 이야기가 눈에 띄었습니다. 정(丁) 장군에 관한 이야기가 너무나 감동적임과 동시에 충격적이라 그 얘기를 자세히 적지는 못하나 여기에 간추려 옮겨보겠습니다. 정 장군은 어렸을 때 집이 가난하여 항상 발꿈치에 큰 구멍이 난 양말을 신고 다녔답니다. 같은 반 여학생들이 이것을 보고 늘 놀리곤 했는데 어느 날 그 반 여학생 하나가 소년 정일권에게 양말 두 켤레를 선사했답니다.

학생들은 졸업을 해서 교정을 떠났습니다. 세월은 덧없이 흘러 학생들은 중학, 고등학교를 지나 대학을 갈 때가 되었습니다. 양말을 선사한 여학생은 이화여자전문학교에, 청년 정일권은 군인의 길로 들어섰습니다. 몇 년 후 6·25사변이 터져 정일권은 혁혁한 무공을 세울 기회가 오고 드디어 육군 참모총장 자리에 올랐습니다. 하루는 그가 사무실에서 어딜 가려고 지프(jeep)를 타고 정문을 막 나가려는데 당시 보초를 섰던 병사가 어린 아기를 등에 업고 있는 어느 아주머니와 말을 주고받는 것을 보았답니다. 아주머니는 보초병에게 간절한 표정으로 무슨 부탁을 하는 것 같은데 보초병은 안 된다는 말만 되풀이하고 있더라는 것입니다.

무슨 일이냐고 물었더니 보초병 말이 "이 아주머니가 벌써 이틀 째 계속 와서 총장님을 뵙게 해 달라고 졸라댄다는 것"이었습니다. 이 말을 들은 정장군은 차를 돌려 사무실로 돌아와서 그 아주머니를 불러들였답니다. 정장군 앞에 선 여인은 옛날, 옛날, 그 까마득한 옛날, 자기에게 양말 두 켤레를 준 바로 그 여학생이었다지 않습니까.

이 아주머니의 말이 자기 남편은 세브란스병원 의사인데 6·25사변으로 인민군이 서울을 점령했을 때 부상당한 인민군들을 그야말로 사명감을 가지고 성심성의껏 치료해 주었답니다. 이 일로 김일성으로부터 감사장도 받았다지요. 얼마 후 서울을 수복한 국군들이 의사의 사무실 구석에 처박혀있던 감사장을 발견, 빨갱이로 몰려 재판을 받게 되었다는 것. 사형을 선고 받았는데 이틀 후면 사형을 집행하기로 예정되어 있다는 것입니다.

이 말을 들은 정총장은 당시 군에서 제일의 권력자로 꼽히는 김창룡 헌병대장에게 전화를 하고 양말얘기를 했다고 합니다. 그 이튿날, 김창룡대장의 부관으로부터 전화가 왔는데 하는 말이 "별로 중요한 것도 아니고, 그 의사는 죽여도 되고 안 죽여도 된다.”며 남 말하듯 가볍게 말하더랍니다. 그래서 그 의사는 아내의 품안으로 살아서 돌아올 수 있었다는 얘기입니다.

　“죽여도 좋고 안 죽여도 좋다.”는 것은 파리 목숨이나 마찬가지라는 말이 아니겠습니까? 참으로 충격적인 말이지요. 내 생각에 의사라는 직업은 사람의 목숨을 구하는 것입니다. 그런데 누구의 목숨은 구하고 누구의 목숨은 구해서는 안 된다는 규정은 없습니다. 인민군이라고 해서 병 치료하기를 거부하는 의사라면 반공투사 애국자이기 전에 휴머니티를 잃어버린 사람이니 그는 의사로 불리기를 포기한 사람으로 볼 수밖에 없지요. 의사는 치료를 받을 사람이 임금이건, 신하건, 주인이건, 노예건, 동지건, 적이건 간에 생명이 얼마나 존엄하다는 것을 알고 그 생명보전에 정성을 다 하는 것이 의사의 본분이라고 생각합니다. 톨스토이(L. Tolstoi)의 소설 〈전쟁과 평화〉를 보면 침략군 프랑스 군대가 모스코바를 포위하여 침략자와 방어군이 서로 대치하고 있는 긴장 속에서도 배고픈 적군에게 먹을 것을 나누어 주는 이야기가 나옵니다. 이것이 바로 휴머니티(humanity)의 본질입니다.

모스코바를 에워싸고 있던 프랑스군대가 철수한지 100년이 훌쩍 넘는 세월이 흘렀습니다. 그러나 아직도 우리 대한민국에서는 배고픈 인민군에게 밥 한 그릇이라도 줬다가는 적을 도왔다는 빨갱이로 몰려 총살을 면치 못할 것입니다. 이처럼 흑과 백이 갈라진 사회, 한번 실수를 했다가는 정황 참작이고 뭐고 없이 무조건 망치로 내려치는 형벌이 내리는 가혹한 사회에서는 위대한 예술작품이 나오기가 어렵습니다. 이토록 사상의 담장이 높고 엄격해서 잘못하면 죽음을 면치 못하는 사회에서 어찌 위대한 소설, 위대한 시(詩)가 나올 수 있겠습니까.

양말 두 켤레가 아니었으면 이 세브란스의사는 사형을 당했을 것이고 그 억울한 혼(魂)은 오늘도 구천(九天) 어디를 떠돌고 있을 것입니다.

(2019. 4.)

책(册)

쇼펜하우어(A. Schopenhauer)라는 사람은 염세주의를 표방하는 철학자입니다. 염세주의란 세상 및 인생에 관한 모든 것을 반(反)가치, 무의미한 것, 또는 추악한 것으로 보는 인생관으로 낙천주의에 반대되는 말이지요. 인간 생활에서 삶은 괴로운 것이고 이 괴로움에서 벗어나기 위해서는 의지의 소멸 이외에는 없다고 보는 견해입니다. 기원전 3세기 초에 그리스에서 유행했던 스토아(Stoa)학파도 이와 비슷한 주장을 폈던 것으로 알고 있습니다. 염세주의를 표방하는 쇼펜하우어는 자살을 권하는 책을 많이 썼습니다. 그의 책을 읽은 당시의 청소년들은 실제로 자살을 많이 했다고 합니다. 그러니 당시의 높은 청소년 자살률은 쇼펜하우어가 쓴 책과 아무관계가 없다고 말하기는 어려운 것 같습니다. 쇼펜하우어는 자살기도도 않고 그의 책을 판 수입으로 72살이 될 때까지 천수를 누리며 잘 살았습니다.

　나는 책을 읽고 감동을 받았다는 말에는 이해가 가지만 책을 읽고 자살을 했다는 것은 잘 이해가 가질 않습니다. 그러나 나도 남의 글에 현혹되어 내 진로를 다르게 선택할 뻔한 적이 있음을 고백합니다. 내가 고등학교 때였습니다. 성천 (星天)유달영이 쓴 ≪새 역사를 위하여≫ 라는 책을 읽고 매우 깊은 감명을 받았지요. 지금은 다 잊어버렸지만 터키의 계말파샤가 새로운 터키를 일군 이야기에 홀려 나는 농과대학으로 가서 심훈의 ≪상록수≫ 주인공(채영신)처럼 농촌계몽에 일생을 바쳐볼까 하는 생각을 했습니다. 그러나 나 같은 사람은 계몽운동에 일생을 바칠 위인이 못 된다는 것을 깨달은 지는 벌서 옛날입니다.

　유달영의 ≪새 역사를 위하여≫에 감명을 받은 사람은 경대사대부고에 다니던 소년 이동렬만은 아니지요. 들은 애기로는 독재자 박정희 대통령도 그 책을 읽고 감동하여 유달영을 재건국민운동본부장으로 모셔왔다고 합니다.

우리 속담에 "장구치는 놈 따로 있고, 고개 까딱이는 놈 따로 있다"는 말이 있듯이 (선동하는) 책을 쓰는 사람 따로 있고 그 책에 감동을 받아 어떤 종류의 행동으로 옮기는 사람 따로 있는 것 같습니다. 책을 읽는다는 것이 생각에 영향을 받는 것이니 책은 일종의 선동을 꾀하는 것과 마찬가지라고 볼 수 있지요. 그렇다면 성경처럼 많은 사람들을 착한 행동과 이웃을 사랑하라고 선동한 책이 이 세상에 또 있을까요?

그런데 애석하게도 세상은 성경에서 선동한 것처럼 서로 사랑하며 남을 도우며 사는 착한사람들로 꽉 차 있는 게 아닙니다. 마치 쇼펜하우어의 자살을 권유하는 책을 읽고 자살을 실행에 옮긴이들이 전체 청소년들 숫자에 비해서 극소수에 지나지 않는 것처럼 성경을 읽고 그 영향으로 착하고 진실된 삶을 살고 있는 사람도 극소수에 지나지 않는 것 같습니다.

책을 읽고 감명을 받았다는 것은 생각에 어떤 변화가 왔다는 말입니다. 생각을 말로 나타내는 것이라고 본다면 아직도 실제 행동이란 것이 남게 되는 것이지요. 이 세 가지,

즉 생각, 말, 행동의 연결고리에서 제일 문제가 되는 것이 말과 행동의 고리입니다. 우리는 말과 행동이 일치하도록 노력합니다. 말과 행동이 일치하지 못하면 어느 조직에서건, 다른 사람들의 신용을 얻지 못합니다. 남의 신용을 얻지 못하는 것처럼 비참한 것은 없지요.

말과 생각이 다르기로는 정치를 하는 사람들, 그중에서도 국회의원으로 불리는 사람들보다 더한 사람이 있을까요. 이들 국회의원들은 모두가 배냇병신인가 청중들 앞에서는 되는 말, 안 되는 말 마구 지껄여놓고는, 하는 짓을 보면 그들이 말한 것과는 정반대되는 짓만 하는 것 같습니다. 더 놀라운 것은 자기의 말과 행동의 불일치를 전혀 모르고 있는 것 같다는 말입니다.

가끔 민선으로 뽑히는 정치인들이 인기를 얻기 위해서 대중들과 함께 어울리는척하며 "나는 이 계층 유권자들과도 이렇게 허물없이 지낼 수 있다."는 메시지를 전달하려고 애쓰는 것을 볼때가 있습니다. 나는 이런 유의 깜짝쇼를 보면 얄미운 생각과 분노를 함께 느낍니다.

이런 쇼에 쉽게 넘어가는 대중들이 어리석어도 보통 어리석은 것이 아니라는 생각을 떨쳐버릴 수 없습니다. 그러나 이런 유의 깜짝쇼는 이 세상 인간들이 사는 곳에서는 어디에서든지 찾아볼 수 있는 인생 풍속도입니다.

쇼펜하우어가 염세주의를 찬양하는 책을 쓰고 그 책에서 나온 인지세로 평생 안정된 생활을 유지하며 살았다고 전합니다. 물론 이것은 쇼펜하우어가 이 세상에서 맨 처음 시작한 것은 아니지요. 요새도 ≪어떻게 하면 억만장자가 될 수 있나?≫ ≪부자가 되는 법≫ 같은 제목의 책을 써서 생활을 해 가는 저자도 있는 세상입니다. 이들이 돈을 많이 벌었느냐하면 꼭 그렇지는 않은 것 같습니다. 문학평론을 하는 사람들이 창의적인 문학작품을 내놓는 경우는 드물며, 명망 있는 권투코치(coach)가 실제로 권투를 잘 하는 것은 아니며, 사람들의 병을 치료하는 의사가 자기 자신이 반드시 건강한 것은 아니지 않습니까.

쇼펜하우어가 그토록 찬양했던 염세주의는 한때 기승을 부렸으나 낙천주의에 밀려 색깔이 많이 바래진 느낌입니다. 삶이 즐거운 것인지 괴로운 것인지 아직 삶을 다 살 때 까지는 결론을 낼 수 없겠습니다. 삶은 밝은 면도 있고 추악한 면도 있는 것. 맹자의 말에 따라 사람의 길흉화복 수명이 모두 천명(天命)에 속하니 우리는 그 천명을 따를 수밖에 없지요. 그러나 모든 것에 대한 의욕과 욕심이 줄고 의미가 줄어드는 것은 사실입니다.

내 나이 올해 한국나이로 여든이 되는데요—.

(2019. 5.)

우정(友情)

우정관계가 이루어지자면 둘 사이의 신뢰가 있어야 한다는 것은 말할 필요조차 없는 것입니다. 신뢰 없는 친구는 있을 수 없습니다. 신뢰란 서로 믿고 의지하는 마음을 가리키지요.

나는 어린 시절, 경상북도 안동 예안면 소재지에 있는 예안국민학교를 다녔습니다. 4학년 때 서울로 전학 갔다가 6·25사변이 일어나 500리 길을 걸어 예안으로 돌아와서 5, 6학년을 마쳤으니 2년은 내학년 아이들과 머리를 맞대고 공부를 한 셈이지요. 6년을 같은 반 아이들하고 같이 책 읽고, 노래 부르고, 공차고, 싸움박질 하고, 소풍가고, 학예회, 운동회를 하다보면 아이들은 말할 것도 없고 그들의 아버지, 어머니, 누나, 동생까지 서로 알게 됩니다. 개나 고양이 같은 말 없는 미물들도 6년을 같이 있으면 정이 들 텐데 하물며 사람이야ㅡ. 그래서 초등학교를 함께 다니던 아이들은 언제 어디서 만나도 말할 수 없이 반갑습니다. 우리에겐 서로 신뢰가 있지요. 청순 무구하던 그 옛날로 돌아가서 그 시절 그 마음으로 얘기를 나누는 것이니 어찌 신뢰하는 마음이 생기지 않겠습니까.

나이가 50, 60, 70으로 옮겨오면서 우정을 나누기는 점점 어려워지는 것을 느낍니다. 체면도 차리고, 이해타산도 하게 되고, 다른 사람들과의 관계도 생각해 봐야하는 등 챙겨야 할 일이 한두 가지가 아니기 때문이지요. 한마디로 마음에 때[垢]가 너무 많이 끼여서 그렇지 싶습니다.

저명한 수필가 금아(琴兒) 피천득은 〈우정〉이라는 수필에서 친구가 없는 것 같이 불행한 일은 없다고 하였습니다. 우정을 얘기하기 위해서는 관중과 포숙아의 얘기를 빼놓을 수 없지요. 관중 포숙아는 둘이서 장사를 같이한 적도 있고 커서는 서로 다른 나라의 임금을 모시는 재상이 되어 두 나라 간에 서로 싸운 적도 있었습니다. 그러나 이 모든 차이를 떠나서 둘은 서로의 재능을 인정해주고, 서로 믿고 도와주었습니다. 고등학교 고문시간에 당나라의 시성 두보가 지은 시(빈교행: 가난한 때 사귀는 우정에 대한 글)에는 당시 세상 사람들의 경박하고 친구사이에 신의가 없음을 한탄하여 "그대들은 관중과 포숙 이 가난할 때 우정을 보지 않았느냐?"라고 하며 이들의 우정을 칭찬하던 글을 읽던 생각이 납니다. 관중과 포숙아가 다정한 형제처럼 살았을 때는 지금부터 2,500여 년 전 중국의 춘추(春秋)시대. 지금보다는 몇 갑절 더 단조롭고 생활이 복잡하지 않던 시대였습니다.

우리나라에서는 우정을 지키며 다정하게 살다간 이름난 사람은 누굴까요? 아마도 한음(漢陰) 이덕형과 백사(白沙) 이항복을 꼽을 수 있지 싶습니다. 이 둘은 당시에 매우 유복한 가정에서 태어나서 탈 없이 자라서 평생 막역한 우정을 지켰습니다. 세상에 알려진 것처럼 백사와 한음은 아주 어릴 때부터 불알친구가 아니요 백사가 23살, 한음이 18살, 둘 다 결혼을 하고나서 교우가 시작되었지요. 그러나 둘 다 격량의 세상에서 난세의 재상으로 나랏일을 하느라 정신없이 뛰어다니던 큰 인물들입니다.

한음이 죽었을 때는 백사(이항복은 오성부원군에 봉해져서 오성대감이라고도 불립니다.)는 벼슬을 떠나서 노원에 물러나 있었습니다. 한음의 부음을 들은 백사는 용진에 직접 가서 벗의 시신을 염습해주고 장례를 치러주었다 합니다. 그는 한음의 죽음에 대해 절절한 애도의 시 한편을 남겼습니다.

> 외진 산 숨어들어 말없이 지내다가
> 흐느끼며 남몰래 한음을 곡하노라
> …
> 사람들 살피면서 말 바꾸기 좋아하네
> (流落窮山舌欲捫 … 薄俗窺人喜造言)

당시는 편지 한 조각이나 취중에 한 말 한마디 때문에 화를 당한 사람들이 많았을 정도로 살벌한 분위기였습니다. 오늘날의 박정희, 전두환의 군사독재 시절과 같지요. 상가라고 조심하지 않을 수 없었다는 것을 알 수 있지요.

오고간 인정보다는 서로의 신뢰가 두텁게 쌓인 사이로 볼 수 있는 사람으로는 포은(圃隱) 정몽주와 삼봉(三峰) 정도전을 들 수 있습니다. 이들은 어릴 때의 정이 두텁다기보다는 서로 엇갈리는 방향의 길을 걸으면서도 서로의 재능을 인정해주고 두터운 신뢰감을 이룩했습니다. 포은은 고려왕조가 별 탈 없이 이어나가기를 꾀하는 보수개혁파인 반면 삼봉은 모두 뒤집어엎어 버리고 새 왕조의 창업을 꿈꾸는 혁명아. 바로 이점이 두 사람이 서로 다른 행보를 걷기 시작한 시발점이지요.

두 사람은 동갑내기였습니다. 열정이 끓어오르던 포은은 시원시원하게 판단을 내리는 톡톡 튀는 성격의 소유자. 삼봉은 매사에 조심스럽고 신중한 사상가로 함부로 입을 열지 않았으며 섣불리 나서지도 않았다고 합니다. 두 사람 중에 어느 하나가 아프면 문병을 가고 꽃피고 새 우는 봄이 오면 벚꽃 아래서 함께 술을 마셨으며 눈 오는 밤 산사에 모여 같이 설을 쇠기도 했다는 내용이 이승수가 쓴 책에 적혀있습니다. 삼봉은 포은을 자기 스승처럼 존중하면서도 그의 30년 지기임을 자랑합니다.

포은은 당시의 귀족층 가문에서 축복받으며 태어났고 삼봉은 그 반대로 천민의 몸에서 태어난 사람. 포은은 당대의

석학으로 이름을 날린데다가 정치적 수완 역시 탁월하여 쓰러져가는 고려왕조의 대들보를 거의 혼자 힘으로 떠받치고 있던 인물. 그의 동갑내기 봉화에서 온 삼봉을 만났을 때 삼봉의 재능과 배포, 도량이 보통사람이 아니었음을 한눈에 알아본 것이지요. 그 후 이 둘은 신분상의 차이를 극복하고 둘이 꿈꾸던 개혁과 포부에 부풀어 포은은 선죽교다리 위에서, 삼봉은 친구 남은의 집에서 이방원에게 죽임을 당할 때까지 우정은 계속되었습니다.

좋은 친구란 믿음이 앞서야 합니다. 서로를 생각해서 상대가 말을 꺼내기 전에 배려를 해주는 따스한 취향이 있어야하지요. 금아의 말을 빌리면 우정의 가장 큰 비극은 불신(不信)에 있다고 합니다. 우리가 사는 세상은 진실한 우정을 나눌 기회가 자꾸 줄어듭니다. 요새는 자주 주거지를 옮겨가며 살지 한군데 눌러앉아 사는 사람은 드뭅니다. 입학시험이나 취업·면접에서는 "네가 되는 날이면 내가 떨어진다."는 식의 경쟁의식이 늘어가는 사회지요. 옛날 죽마고우도 심사가 뒤틀리면 형틀에 매달아 고통을 주는 세상. 이 모두가 불신에 휘발유를 뿌리는 격입니다.

1249년 전에 이 세상을 다녀간 시성 두보는 친구 사이에 신의가 없음을 한탄했습니다. 앞으로 1000년 세월이 흐르고 나면 어떨까요. 그때 사람들은 우정에 있어서 신의가 더 늘어났겠습니까. 내 생각으로는 그때 사람들은 오늘날 우리의 우정을 부러워할 것 같습니다. 우리는 그것을 위안으로 삼고 살아가는 수밖에 없지요. 인간의 문명이 발달할수록 정(情)이 오가는 우정같은 것은 별로 대접을 받지 못할 것 같은 생각이 듭니다.

(2019. 4.)

좋은 거짓말

'인간은 사회적인 동물이다.' 이 말을 맨 처음으로 한 사람은 누구일까? 나는 옛 그리스의 철학자 소크라테스(Socrates)로 알고 있다. 이 말은 처음에는 '인간은 정치적인 동물'이었는데 언제부터인지는 모르겠으나 도중에 '사회적'이란 말이 '정치적'이란 말을 밀어내고 그 자리에 들어선 것으로 안다. 누가 왜 바꿨는지에 대해서는 나는 모른다. 그러나 바뀌진 말도 천하의 명구임에 틀림없는 것 같다.

가끔 나는 나 자신의 행동을 돌이켜봐도 정치적 행동이 아니라고 할 경우가 드물 정도로 정치적인 행동을 할 때가 많다. 부끄럽지만 이 세상에서 나와 제일 가까운 사람, 즉 아내나 자식들에게도 그렇게 하려고 들 때가 있으니ㅡ.

도대체 '정치적'이란 무슨 뜻일까? 나는 그 말의 사전적 정의를 떠나서 그 말속에 배어있는 의미에 대해서 생각해보았다. 어의학자(語意學者: Semantician)들은 어떻게 생각하는지는 모르겠으나 나는 나대로 정치적이란 말은 다음과 같은 의미를 포함하고 있는 말로 쓴다.

　첫째, 정치적이라는 말속에는 어느 정도의 거짓이나 위선이 숨어있다. 그러니 정치적≒거짓, 혹은 위선이라는 등식(等式)이 성립된다는 말이다. 이 말을 좀 더 연장하면 사기나 날조, 음모에 가까워진다.

　국회의원같이 정치를 직업으로 삼는 사람들은 물론, 한 조직체의 수장으로 있는 사람들, 이를테면 기업체의 사장이나 종교단체의 성직자, 사회의 기관장 같은 사람들은 정치적으로 행동할 때가 너무나 많다. 이들은 조직원 개개인의 의견을 들어야하기 때문에 서로 상반되는 의견을 가진 조직원들에게는 항상 귀에 즐거운 음악만 들려줄 수는 없는 경우가 많을 것이다. 그러니 이들이 정치적으로 행동하지 않고 자기 속생각을 그대로 내놨다가는 큰 문제에 부딪히게 되는 수가 있다.

가장 쉽게 찾아볼 수 있는 예가 성직자들의 행동에서다. 이 신도(信徒)에게 한 말 다르고, 저 신도에게 한 말이 다를 경우, 신도들은 꼬투리를 잡고 불만을 쏟아놓을 것이다. 이렇게 성직자에 대해서 유난히 말이 많은 것은 그들에 대한 비판이나 불만을 털어놓아도 보복이 따를 가능성이 매우 적다는 계산 때문일 경우도 있다. 사랑과 용서를 전파하려는 성직자들이 보복이나 불이익을 줄 가망은 매우 적지 않은가. 그러니 불평불만을 밖으로 내놓도 괜찮을 것이다. 물론 이런 식으로 생각하는 그자체가 다분히 정치적 행동이라고 볼 수 있지만―.

　　많은 경우 우리는 마음에 없는 거짓말을 하며산다. '반갑습니다' '죄송합니다' 따위의 가벼운 인사성말 까지도 거짓말로 규정한다면 사람은 하루에 평균 150번 이상 거짓말을 한다는 어느 심리학자의 보고가 있다. 많은 경우 거짓말은 가십(gossip)과 마찬가지로 사회의 윤활유(潤滑油) 역할을 한다. 거짓말이나 가십이 전혀 없는 사회를 상상해보라. 모든 재판소와 이세상의 모든 종교가 하루아침에 사라지고 마는 참혹한 광경이 벌어질 것이다. 상상만 해도 오싹 한기가 느껴진다.

거짓말이 정치적이라 해도 상황에 따라서는 무척 좋은, 건강한 거짓말일 때가있다. 예로, 우리가 어느 저녁식사 자리에 초대되어 갔는데 그 집주인의 음식솜씨가 허무하다고 하자. 그러나 이런 자리에서는 '잘 먹었습니다.'정도로 음식솜씨를 칭찬해주는 것이 예의일 것이다. 이 경우 거짓말은 '좋은'거짓말이다. '이걸 음식이라고 했나요?'하고 마음속에 있는 생각을 그대로 내놓는 것은 잔인한 행동, 사회적으로 적절한 발언이 아니다.

많은 경우 우리의 거짓말은 남에게 발각되지 않고 무사히 넘어간다. 불법주차를 하는 것은 어떤 때는 잡혀서 벌금을 내나, 어떤 때는 잡히지 않고 무사히 빠져나올 수 있기 때문에 불법주차 버릇은 좀처럼 없어지지 않는다. 전문용어로는 부분강화로 형성된 행동이라 소멸이 극히 느리다. 거짓말도 이와 똑같다.

둘째, 정치적 행동에는 의견차이가 났을 때 협상 내지 타협, 절충이 있다. 옛날 같으면 조직의 우두머리나 영향력 있는 조직원 몇몇에 충성하는 일편단심 마음하나로 별 문제가 없이 지낼 수 가 있었다. 그러나 요새는 충성심이란 덕목마저 어리석고 고지식한 행동으로 보일 때가 많은 세상. 현대사회에서는 남과 의견이나 이해관계로 충돌이 있을 때는 협상을 하고 절충을 해서 서로 한 발짝 씩 물러설 줄 아는 아량이 필요하다.

배를 타고 여기저기 다니며 물건을 팔고 사던 옛 그리스 문화에서 싹이 튼 서양문화는 일찍부터 논쟁이니 설득, 타협이니 절충 같은 말에 익숙하였다. 그러나 농경사회에 뿌리를 둔 한국 같은 동양문화권에서는 정직, 신의, 절개 같은 말에 더 익숙하였다. 그래서 그런지 같은 단어라도 두 문화에서 쓰는 어감이 서로 다를 때가 많다. 예로, aggressiveness(공격성) 같은 단어는 미국 같은 서양문화권에서는 박력 있고 꿋꿋한 사람이라는 좋은 의미로 쓰나, 한국 같은 동양 문화권에서는 남에게 대들고, 자기주장만 앞세우는 고집쟁이로 해석하는 경우가 많다. 마찬가지로 내게 있어서 정치적이란 말은 긍정적이라기보다는 부정적인 어감(語感)쪽으로 쏠릴 때가 많다. 남과 비교해서 내가 쓰는 단어의 의미가 다른 것은 좋은 징조가 아니다. 말이란 남들이 쓰는 대로 쓰는 것이 좋지 않겠는가?

　내게도 정치적이란 말이 좋은 의미로 쓸 날이 올까? 요새 한국에서 정치를 전문적으로 한다는 사람들이 하는 꼴을 보면 그런 날은 내가 이 세상을 하직하고 나서 수천 년의 세월이 흐르고 난 뒤에도 올 것 같지는 않다.

(2019. 3.)

저항과 복종

우리는 신체적으로나 정신적으로 외부로부터 오는 우리의 자유를 구속 혹은 억제 하려는 힘을 느낄 때는 반사적으로 그 힘으로부터 벗어나려는 저항 혹은 반항을 한다. 어린 정식이가 혼자서 노래를 신나게 부르고 있을 때 "정식이 여기 와서 노래 한번 해라."는 지시가 내리면 정식이는 노래를 되려 부르지 않을 확률이 크다. "노래 한번 해봐."라는 지시가 떨어지면 그 지시에 순종하기 보다는 그 반대로 노래를 부르지 않고 저항하는 경우가 더 많을 것이다. 이렇게 외부에서 오는 힘에 저항하는 것을 영어로는 reactance(저항)라고 한다. 이 저항행동은 인간뿐 아니라 모든 유기체에서는 공통적으로 나타나는 현상이다. 이 현상은 어릴 때만 있는 것이 아니라 성인이 되어 살다가 무덤에 가는 날까지 우리 속에 살아있는 특성이다. 우리가 잘 알고 있는 프랑스혁명이나 조선 말기에 있었던 홍경래 난, 동학농민항쟁, 4·19, 5·18 등의 민주항쟁은 시민저항의 본보기라 할 수 있다.

신체적 자유를 빼앗기고 감옥살이를 하는 죄수라도 마음은 자유천지를 훨훨 날아다니는 것은 쉽게 상상해 볼 수 있는 장면이다. 이렇게 상상하는 자유가 있기 때문에 우리는 신체적으로 구속을 당하더라도 정신적으로는 구속되지 아니하고 버티며 자유천지에서 살고 있을 수가 있는 것이다.

저항의 반대는 복종이다. 복종은 권위에서 나오는 힘에 저항 않고 순순히 따르는 것을 말한다. 권위의 지위가 높고 정당할수록 쉽게 복종이 뒤따른다. 박근혜대통령 시절 그를 에워싸고 그 밑에서 충성하던 몇몇 정치인들은 대통령이라는 높은 권위에 옳고 그른 일을 구별하려들지 않고 무조건 그의 지시에 복종의 길을 걸었다. 너무 무분별한 복종은 간신의 행동과도 통한다.

나의 대학원시절에 미국 예일대학교 실험실에서 조작된 복종을 연구한 심리학교수 밀그람(Milgram)이라는 사람이 있었다. 그는 그의 실험에 자의로 참가하였던, 어느 모로 보아도 정상적인 미국 성인들의 절반 이상이 실험자가 지시했다고 무력한 피험자들에게 필요 이상의 강력한 벌(전기쇼크)을 기꺼이 주더라는 지나친 복종현상에 대해서 보고하였다. 피험자가 심한 고통을 호소하며 괴로움으로 소리치는 것을 듣고도 실험자가 지시했다는 것, 그의 명령을 따랐다는 말이다.

조선은 27대 517년을 지탱했던 왕조였다. 이정도면 오래 가기로는 세계에서 몇째 안가는 왕조일 것이다. 어떻게 해서 왕조가 이토록 오래 지속될 수 있었을까? 내 생각으로는 당시 조선 사람들이 권위에 쉽사리 복종하는 버릇이 한몫했지 싶다. 우리가 어렸을 때 배웠던 삼강오륜 중에 부자유친(父子有親)이니 군신유의(君臣有義)니 하는 것은 인간관계에서 권위에 복종을 암시 하는 것들이 아닌가. 임금의 말이나 지시라면 무조건 복종했기 때문에 517년이나 지탱해온 것으로 생각된다.

조선 때는 남을 치명적으로 황폐화시키는 수단으로 상대를 역모(逆謀)로 얽어매는 것이 가장 쉽고 확실한 방법이었다. 광해군 때 6살밖에 안된 영창대군이 역모죄로 몰려 죽었다는 것을 보면 이 역모죄라는 것이 얼마나 쉽고도 가혹한 형벌인지 짐작이 간다. 세월이 흘러 민주정부가 들어서고는 빨갱이 내지 좌파가 역모가 섰던 자리를 대신하고 있다. 말이 민주정부지 국민들을 공포분위기의 공안(公安)정국으로 몰아넣는데 눈이 빨개진 위정자들은 대를 물려가며 걸핏하면 무고한 시민을 좌파빨갱이로 몰아세우는데 열을 올렸다. 이승만으로부터 박정희, 전두환, 박근혜, 이명박 정권에 이르기까지 무고한 시민들이 빨갱이로 몰려 재산과 목숨까지 빼앗긴 사람들이 얼마나 많았는가. 주위를 살펴만 봐도 금방 알 수 있을 것이다. 이렇게 오랜 세월을 두고 걸핏하면 역모요, 걸핏하면 빨갱이로 몰아넣는 공포분위기속에서 반대의사, 즉 건강한 저항정신이 살아남기는 힘들다.

저항 혹은 반대가 이처럼 무시되는 풍토가 오래 계속되다 보니 우리에겐 건전한 토론문화가 없었다. 미국의 저명한 문화심리학자 니스벳(R. Nisbett)을 따르면 서양문화에서는 상대를 설득시키기 위한 수단으로 토론문화가 일찍부터 발달하였으나, 집단원간의 화목한 인간관계를 중요시하는 동양문화에서는 진정한 토론문화가 없었다고 한다. 내가 옳으니 네가 옳으니 꼼꼼히 따지는 것은 조화로운 인간관계를 망친다고 생각했기 때문이다. 진정한 토론은 진정한 의견을 말할 자유를 전제하는 것. 군대에서나 관료사회에서는 복종이 하나의 미덕이요 사회생활에서 살아남는 방법이다. 복종을 한다는 것은 의견의 자유선택이 들어설 자리가 줄게 마련이다.

옛날 봉건사회에서 노비가 주인의 명령을 거역한다는 것은 상상조차도 할 수 없었다. 그러나 오늘 민주사회에서는 권위가 누구든 그의 지시에 무조건 복종하던 미덕은 급격히 사라져가고 있다.

영국이나 미국의 공립학교에서는 자기주장, 자기생각을 남들 앞에서 씩씩하게 내놓을 수 있는 것과 불의에 항거하는 습관을 아주 어릴 때부터 가르친다. 그러나 우리사회에서는 그렇지 않다. 예로, 동양 문화권에서는 학문도 자기스승의 학설을 비판검토하고 스승의 학설에 반대되는 이론을 내놓지를 못한다. 퇴계의 제자는 퇴계의 학설을 비판하거나 반대되는 학설을 내놓지는 못한다는 말이다. 퇴계의 권위에 절대 복종만이 학문적으로 살아남는 길이었다. 그러나 서양 문화권에서는 스승의 학설 잘못을 뒤집고 새로운 학설을 내놓는 후학들에게 인정의 박수와 학계의 찬사가 따른다.

옛날에는 임금이 말 한마디만 하면 억조창생이 말없이 복종하던 시대는 지나갔다. 요새는 대통령이 한 말씀이라도 이 말이 어디가 잘못되었는지 찾아내고 반대의사를 내놓은 사람도 거리를 씩씩하게 걸어 다니는 세상이다. 정치는 물론 예술도 학문도 배우고 가르치기가 점점 어려운 세상이 되어가고 있다. 그러나 진작 이렇게 되었어야 했다는 내 생각에는 변함이 없다.

(2019. 4.)

하늘

    사도세자는 28살 때 아버지 영조가 그를 뒤주 안에 넣어 물 한 모금 안주며 굶겨 죽였습니다. 세상에! 임금애비가 다 장성한 세자아들을 죽이나니. 이 끔찍한 비극이 지나간 뒤에 사도세자의 부인 혜경궁 홍씨는 회고록을 썼습니다. 그런데 회고록을 모두 4번이나 썼습니다. 아들정조가 임금 자리에 오르고 나서 쓰고, 정조가 죽고 나서 또 썼습니다. 왜 이렇게 여러 번 썼을까요? 정조는 자기아버지 사도세자 를 죽음으로 몰고 간 거대한 노론세력에 보복의 칼을 빼들 었습니다. 홍씨의 친정은 노론세력의 노른자. 그러니까 혜 경궁 홍씨의 삼촌 되는 홍인한도 정조의 아버지를 죽음으로 몰고 간 원흉으로 처형되고 바야흐로 혜경궁 홍씨의 친정이

몰락할 위기에 놓였습니다. 그러니 사가(史家)들은 첫 번째 회고록은 지나간 비극을 되돌아보기보다는 망해가는 친정을 구하려는 정치적 성명서에 지나지 않는다고 봅니다. 첫 번째 회고록에서는 정조의 눈길이 무서워 사도세자가 정신병이 있다는 말도 꺼내지 못했습니다. 정신병이란 말은 정조가 죽고 나서 처음으로 회고록에 나온 말이지요. 좌우간 혜경궁 홍씨는 "하늘아, 하늘아" 하는 말로 끝을 맺었습니다. '하늘 말고는 이 처참하고 어이없는 일을 누가 알 수 있으랴' 하는 자포자기의 탄식입니다.

하늘은 이 세상에 사는 모든 사람들의 어머니요 쉼터입니다. 착한 사람은 자기 나름대로 하늘이 자기를 지켜주리라 믿고, 악한 사람은 하늘이 자기를 너그럽게 감싸줄 것이라 믿지요. 사형을 선고받고 사형장으로 끌려가는 사람들은 걸어가다가 서서 고개를 들어 하늘을 한참 우러러보다가 고개를 떨구고는 가던 길을 간다고 합니다. 이들은 하늘을 쳐다보며 무엇을 생각할까요? 내 생각으로는 하늘이 자기를 버렸다고 생각할 것 같습니다. "이제는 하늘마저 나를 버리는구나. 그렇다면 가야지."하며 스스로 체념하는 운명을 내

던지는 순간이 아닐까요.

우리 애국가에도 "하나님이 보우하사 우리 나라 만세"라고 적혀있지 않습니까? 나는 하늘을 무서워하거나 겁내지는 않습니다. 하늘은 그냥 하늘입니다. 옛날 내가 어렸던 시절, 남의 수박밭에 발을 들여놓는 순간 하나님이 내려다보면 어떻게 하나라는 생각은 한 번도 해보질 않았던 것 같습니다.

하늘은 인간의 운명과는 뗄래야 뗄 수 없는 관계에 있습니다. 사람에 일어나는 모든 일, 태어나고 죽는 일, 사업이 잘되고 안 되는 일, 아이가 말썽을 부리는 일, 남녀가 만나서 짝을 짓는 일, 죽음이 모두가 하늘이 정한 운명이라면 우리에게는 큰 저주의 대상도 되지만 큰 위안도 줄 수 있지 않겠습니까. 자동차 사고가 나서 죽는 것도 운명이라면 구태여 자동차를 빨리 몰지 않으려는 노력도 할 필요가 없지요. 모든 것이 운명인데―. 운명이란 아무리 비켜가려고 발버둥을 쳐도 소용없는 일. 내 의지와는 상관없이 초인간적 위력에 의해서 지배되는 일을 내가 발버둥 친다고 무슨 효과가 있겠습니까?

우리는 인간의 길흉화복과 명운을 설명하려듭니다. 그 설명이란게 꽉 막힌 순환논리로 짜여있기 때문에 모든 것이 초자연적인 힘에 의해서 결정된다는 것도 받아들이기가 매우 거북한 설명이지요. 이웃을 도우며 가난하고 착하게 살던 사람이 50도 되기 전에 죽은 사람도 운명, 나쁜 짓만 골라가며 저지르고 다니던 개망나니인데도 천수를 누리며 잘 살다 죽는 악인도 운명 때문이라면, 우리는 그런 운명을 왜 믿고 살아야 하는지요. 정말 그런지는 모르겠습니다마는 인도사람들은 길에서 구걸하는 거지들을 도와주지 않는답니다. 전생에 그런 운명으로 태어났으니 도와준다는 것은 그들의 운명을 거역하는 행위와도 같다는 말이지요.

아무리 운명 같은 것은 필요 없다고 떠들어도 우리는 운명을 벗어날 수 는 없습니다. 김방이라는 사람이 쓴 책을 보면 노자와 공자 이야기가 나옵니다. 노자(老子)는 "하늘은 공평무사(公平無私)하여 언제나 착한 사람의 편을 든다."고 했습니다. 그런데 공자(孔子)가 아끼는 제자의 한 사람인 안연이란 사람은 착하고 학문도 게을리 하지 않고 항상 남을 도우며 가난하게 살았는데도 젊은 나이에 이 세상을 떠나고 말았습니다. 한편 중국의 전설적인 인물 도척(盜跖)이란 사람은 죄 없는 사람을 마구 죽이고 재물을 빼앗아가며 떵떵거리며 잘 살다가 천명을 다하고 편안하게 마지막 숨을 거뒀답니다. 하늘은 착한 사람을 보답한다고 했는데 젊어서 죽은 착한 안연, 천수를 누리다 죽은 악인 도척을 생각하면 하늘의 보답이란 도대체 무엇인가를 묻지 않을 수가 없습니다.

사마천이라는 중국 한무제 때 역사학자가 있습니다. 그는 임금의 미움을 사서 궁형(거세)을 당하고 비극적인 삶을 살았습니다. 공자의 제자 안연의 죽음이나 천수를 누리다가 죽은 도척의 죽음에 대한 사마천의 대답은 흐리멍덩하기 짝이 없습니다. 그의 주장의 요지는 "선을 생각하는 사람과 이익을 생각하는 사람은 눈이 다르기 때문에 같은 잣대로 재서는 안 된다."는 것입니다. 맹자는 "인간 세상은 불평등이 가득하다. 이렇게 불평등한 것이 바로 천명"이라는 것. 사람의 길흉화복이 모두 서로 다르니 이 천명에 순종하라고 권합니다.

이렇게 살아도 하늘은 O.K., 저렇게 살아도 O.K.라고 한다면 하늘이 내려다본다고 겁낼 것 없지 않습니까. 혜경궁 홍씨는 남편이 뒤주 속에서 죽게 된 비극 뒤에는 자기 친정 아버지 홍봉한이 있다는 사실에 말문이 막혀서 "하늘아, 하늘아"로 끝내며 두 손을 휘저었을 것입니다. 누가 이 서럽고 끔찍한 변괴를 이해하겠느냐는 절망의 표시였겠지요. 하늘을 원망했겠습니까, 아니면 하늘에 물음만 던졌겠습니까.

내 생각으로는 둘 다였지 싶습니다. 혜경궁 홍씨의 친정 아버지가 자기 남편을 죽이는데 맨 앞장을 섰던 사람이 무슨 제정신이었겠습니까?

(2019. 6.)

모자(帽子)

내 최초의 기억은 무엇일까?

최초의 기억(The earliest memory)이란 한 사람의 생애에서 맨 처음 일어난 일에 대한 기억, 그러니까 제일 어렸을 때 일어난 일을 기억하는 것을 말한다. 정신분석학을 주창한 프로이트(S. Freud)를 따르면 최초의 기억내용은 그 사람이 일생동안 지닐 성격에 매우 중요한 영향을 끼친다고한다. 그가 주창한 정신분석이론은 흥미는 있으나 과학적검증이 불가능한 부분이 너무 많기 때문에 현대 심리학에서는 그의 이론을 무시하거나 외면한다. 그러니 내 생각으로요새 대학 심리학과에서 프로이트 정신분석학을 집중적으로 다루는 학과가 있다면 프로이트 정신분석 이론을 지켜가고 따르려고 생긴 학과이거나 아니면 그 학과는 현대 심리학사조의 변화를 모르거나 무식한 학과일 가능성이 매우 크다. 천당과 지옥이 있느냐 없느냐 같은 문제를 과학적인 방법으로 검증하기는 불가능한 것처럼 정신분석학도 과학적 검증이 가능하지 않은 것이 대부분이다. 그러나 프로이트의 이론이 그럴듯하게 들리는 때가 많기 때문에 그가 주창한 정신분석 이론이 이 세상에 나온 지 150년이 가까워 오지만 문학이나 예술을 제외하고는 그의 이론에 대한 흥미와 관심은 점점 줄어들고 있는 추세다.

앞에서 얘기했듯이 내 최초의 기억은 중절모자에 씌워져 있다. 내 바로아래 여동생이 태어난 바로 그날 일어난 일이었으니 내가 만 4살 때였다. 아버지가 외출하고 집에 안 계신 어느 날, 나는 사랑방에 걸린 아버지의 중절모자를 쓰고, 아버지의 단장을 짚고, 아버지의 구두를 신고 집을 나가서 내가 어른이 된 기분으로 강 언덕 소나무에 기대서서 낙동강 물을 내려다보던 생각이 난다. 바로 그 순간 내 여동생이 태어났으니 어서 집에 들어오라고 나를 부르는 소리가 들려 황급히 집으로 돌아왔다. 이것이 내 최초의 기억이다. 물론 최초의 기억이란 고정되어 있는 것이 아니고 소망, 공상, 착각 등이 뒤섞여서 애당초 저장된 기억내용과는 거리가 먼 것이라고도 볼 수 있다.

네 살 난 꼬마가 자기아버지의 중절모자를 눌러썼으니 모자는 눈, 코, 입, 턱까지 덮었을 테니 꼬마는 앞도 제대로 못 보며 집을 나갔을 것이다. 이 무슨 형벌인가. 그래도 "어른같이 보이기 위해서는 앞을 못 봐도 모자는 눌러써야 한다."는 게 네 살 난 아이의 어른스런 생각이었을 것이다.

벌서 30년은 지났다. 한국 대구를 방문 중에 경주 안강에 있는 조선중종 때의 거유(巨儒) 회제(晦齊) 이언적을 모신 옥산서원에 가서 선생의 신위를 알현(謁見)한 적이 있다. 신위를 알현할 때는 조선 때 성균관유생들과 같은 도포(道袍)를 입고, 두건을 쓰고, 그 시절 선비들이 신던 신발을 신어야한다. 옛날 유생들이 쓰던 두건은 위로 우뚝 솟아난 것이 얼마나 멋있게 보이는지. 사극 같은데서 이 두건을 쓴 유생들을 보면 "나도 한번 써봤으면…"하는 욕심이 나도 모르게 고개를 들곤 했다. 내 작은 소원이 경주 안강읍 외딴 골짜기에 있는 옥산서원에서 이렇게 쉽게 이루어질 줄이야.

나는 모자를 생각하면 감투가 생각난다. 감투를 썼다하면 벼슬자리를 얻었다는 말. 그러니 모자 ≅ 감투 ≅ 벼슬이다. 모자를 왜 쓰느냐에 대해서는 나도 신통한 대답은 없다. 모자를 쓰면 내가 뭐가 된 것 같은 허영심을 부인할 수는 없지 싶다. 그것은 공명심의 늪에 빠져 허우적거리는 국회의원들이 가슴에 금배지(badge)를 달고 "내가 이래 봬도…"의 허망된 위대함을 느끼는 것과 마찬가지일 것이다.

아메리칸 인디언들은 모자라기보다는 머리에 띠를 두르고 깃털을 꽂고 다니는데 이것은 장식이라기보다는 전쟁에서 공을 세운 영웅에게 붙여주는 명예라 한다. 영어로 A feather in your cap!(네 모자에 깃털을!)이란 말은 그 사람의 공적이나 영예를 일컫는 말이다. 깃털은 고대 사회에서는 매우 중요한 존재로 인정되었다. 우리의 옛 문화 풍습에 대해 3권의 책을 쓴 역사학자 송기호에 의하면 삼한 때 장례식을 치를 때는 큰 새의 깃털을 묻어 죽은 사람이 하늘로 날아갈 수 있기를 빌었다고 한다. 나도 내 검은색 중절모자에다가 깃털을 하나 꽂아볼까. 꽉 차고 의젓해 보이면 좋겠다. 그러나 아무리 생각해도 모자에 깃털을 꽂는다는 것은 좀 간지럽고 나를 보는 사람들에게는 어딘지 좀 느끼하다는 인상을 주는 사람이라고 생각하면 어떻게 하나. 남에게 지나치게 달콤하고 멋있게 보이려다가는 도리어 그 멋을 잃어버리는 경우가 너무나 많지 않는가. 치장을 너무 요란스럽게 하면 결혼식 날 신부화장처럼 오히려 인상을 망치는 경우가 많은 것처럼─.

그런데 도대체 이 나이에 내가 누구한테 잘 보이려고 이 야단인가? 이제는 누구한테 근사하게 보여도 그만, 근사하지 않게 보여도 그만인 나이다. 생긴 대로 살자.

(2018. 11.)

사람구경

　나는 대학을 마치고 은퇴할 때까지 사람접촉이 많은 직장에서만 일을 했습니다. 보일러공이나 배를 타는 선원 같은 직업은 학교선생보다는 사람을 자주 만날 기회가 적을 것입니다. 그런데도 이 글 제목을 사람구경이라 했으니 "저 사람이 학교 선생을 했다고 하니 사람 구경은 많이 했을 텐데 또 무슨 사람구경?" 하며 의아스럽게 생각하는 분들도 있을 것 같습니다. 내가 여기서 말하는 사람 구경이란 지나가는 모습을 한 번 쓱 훑어보고 느끼는 감정에 지나지 않는다고 생각하는 것이 좋을 것입니다.

　콩을 심어보면 콩의 키나 줄기에 달리는 콩의 숫자는 제각기 다를 것입니다. 어떤 놈은 키가 다른 콩보다도 더 크고,

잎이 무성하고, 콩도 많이 달리는가하면, 어떤 놈은 키는 커도 콩이 달리는 것을 보면 실망스럽습니다. 이렇게 콩이나 다른 식물들이 서로 다르다는 것을 관찰한 농업연구가들이 고안해 낸 통계적 방법으로 변량분석(analysis of variance)이라는 것이 있습니다. 내가 대학원에 다니던 시절에는 이 변량분석법이 집단을 비교하는 심리연구에서는 단연 필수. 당시 심리학분야의 박사 논문의 8, 90%를 차지할 정도로 변량분석이 유행하였습니다. 경험주의 심리학이 북미대륙에서 판을 치던 그 시절은 통계, 특히 변량분석에 대한 이해가 없이는 논문조차 쓰기 힘들었습니다.

사람도 콩과 다른 것은 별로 없습니다. 한 아버지 한 어머니에서 태어난 형제들도 다 서로 다르지 않습니까. 서로 비슷한 공통적인 점이 있지만 자세히 보면 많이 다르지요.

나는 비행기를 갈아탈 경우, 기다리는 시간이 별로 없이 곧바로 환승장으로 가야 하는 것은 좋아하지 않습니다. 뒤집어 말하면 오래 기다리다 바꿔 타는 것을 좋아한다는 말입니다. 느긋한 마음으로 앉아서 오가는 사람들을 구경하는 것이 시간가는 줄 모르게 재미있습니다. 최대 7, 8시간까지는 조금도 지루하지 않지요. 사람구경이래야 "저 사람은 돈이 많은 것 같다."든가 "저 여자는 참 복스럽게 생겼구나." "저기 저 젊은 사람은 바람깨나 피우겠다." 등 사람의 첫 인상을 말하는 정도에 지나지 않습니다. 첫인상이란 여러 가지를 살펴보고 나오는 것이 아니라 극히 제한된 한두 가지의 자료를 토대로 극히 짧은 시간에 결정된다는 것이 인상을 연구하는 심리학자들의 일반적인 견해입니다.

젊은 시절, S대학교 학생지도 연구소라는 곳에서 그 대학생들에게 지능, 적성검사, 성격, 흥미검사 같은 것을 해준 적이 있습니다. 지금 이 글을 쓰며 생각나는 사례(事例) 하나는 공대를 다니던 학생 P가 생각납니다. 지능검사를 했는데 검사에서 나온 결과를 자기의 지능지수를 도저히 받아들이지 못하겠다는 것입니다. 아무리 지능검사가 무엇이고 어떻게 만들어졌는가를 설명해줘도 눈곱만큼의 변화도 없었습니다. 나중에 알고 보니 P는 심리치료의 암(癌)이라 불리는, 치료가 거의 불가능한 것으로 알려진 강박관념(obsessive-compulsive)환자였던 것입니다. 연구소에 파견된 정신과의사에게 의뢰했지요. 상담이나 심리치료분야는 설명은 요란해도 치료는 허무한 경우가 대부분입니다. 우리 연구소에 파견 근무하는 정신과의사도 강박관념에 대한 설명은 휘황찬란하였으나 치료효과에 있어서는 빵점이었습니다. 그 공대생 사례가 끝나기 전에 나는 유학길에 올랐으니 그 학생이 어떻게 되었는지는 알지 못합니다. 심리치료의 치유율이 매우 낮은 것으로 보아 그 학생은 평생 그렇게 살고 있지 싶습니다.

공항 대기실이나 뉴욕의 록펠러센터 앞에서 오가는 사람들을 유심히 살펴보는 재미는 지극히 한가롭고도 재미있습니다. 나와는 상관이 없는 사람인데도 어떤 이는 밉상으로 보이는 이가 있는가하면 또 어떤 이는 복스럽게 생기고—. 이 모든 현상을 전에 혹은 일반화라는 개념으로 설명해볼 수 있겠으나 억지 춘향 헛소리에 지나지 않을 것 같아 그냥 넘어 가겠습니다.

돈 드는 일도 아닌 사람 구경에 이렇게 큰 재미를 느끼니 내 취미도 축복받은 취미라고 해야겠지요. 젊음이 끓어오르던 대학시절, 젖꼭지가 보일락말락하는 현란한 옷을 입은 여인이 나타날 때는 와! 이건 분명 대박. 나는 이런 옷을 입고 길을 나서는 여성을 본체만체한다는 것은 남자로서는 큰 죄를 짓는 것과 다름없다고 생각했습니다. 이런 처녀에게는 자기를 넋을 잃고 쳐다보던 청년 이동렬이 여간 귀엽고 고마운 청년으로 보이지 않았겠지요.

나는 도대체 남에게 어떤 인상을 줄까요? "긍정적인 착각" 이론을 빌려오면 정상적인 사람은 누구나 정직성 같은 긍정적인 특성에 대해서는 남이 자기를 평가하는 것 보다 훨씬 더 긍정적인 것으로 보고, 잔인성 같은 부정적인 특성에 대해서는 남보다 덜 부정적인 쪽으로 평가한다고 합니다. 그런데 정상적인 사람들은 남과 자기 자신이 보는 차이, 즉 착각의 크기가 제일 크고, 우울증증세가 있는 사람들이 제일 적다고 합니다. 이걸 보면 "네 자신을 알라."는 말은 좋게는 들리는 말이지만 말도 안 되는 말이라는 것이지요. 이 세상에 자기 자신을 남이 보는 데로 착각 없이 바로 보는 사람은 없습니다. "네 자신을 바로 알라"는 말은 흔히 스님이나 목사, 신부 같은 성직자들이 자주 하는 말이나 이들이라고 긍정적 착각이 없다는 것은 절대 아닙니다.

아무리 사람관찰을 전공한 사람이나 사람을 한 번 척 보면 어떤 사람인지 다 안다는 말도 자기 과시나 헛소리에 지나지 않습니다. "열 길 물속은 알아도 한 길 사람 속은 모른다."는 말이 버티고 있지 않습니까.

(2019. 6.)

제 3 부

〈새벽〉

"나는 촌놈이다. 흉악한 촌놈이다.…" 이 말은 내가 대학에 갓 입학하여 지금은 고인이 된 같은 반 친구 K형과 같이 〈새벽〉이라는, 전문지도 아니고 문예지라고도 할 수 없는 종합지를 낸 적이 있는데 그 종합지에 내가 쓴 수필의 첫 머리입니다.

그러니까 나는 내 인생의 첫 수필을 내가 같은 반 친구와 같이 발행한 '꿀꿀이 죽'에 실은 꼴이 된 셈이지요. 수필제목도 기억 못하지만 용케도 첫 머리말은 아직도 기억하고 있습니다.

종합지발행인쯤 되면 이 종합지의 사명이 무엇이고 앞으로 어떤 유(類)의 글이 주로 실릴 것인가를 밝히는 것이 예의가 아니겠습니까? 그런데 나는 전에 이런 종합지를 발행하는 일을 해본적도 없었습니다. 고등학교 때 교내 문예지에서 경주 불국사에 다녀와서 한시(漢詩) 한 편, 〈석굴암에 올라(登石窟岩)〉를 냈다가 퇴짜 맞은 것밖에는 없지요. 한마디로 뭐가 뭔지 모르는 순(純)무식이 자기가 발행인이라고 자처하며 설치고 다녔으니 이것을 뭐라고 불러야 하나요?

자금 부족인지 독자부족인지, 아니면 둘 다 부족인지 모르겠습니다만 이 〈새벽〉은 창간호 딱 한 번 나오고는 영영 자취를 감추고 말았습니다. 지금 생각하니 〈새벽〉이라고 한 제목하나만은 참 잘 골랐다는 생각이 듭니다. 해방 전, 1920, 1930년대에 〈조광(朝光)〉, 〈개벽(開闢)〉이니 하는 계몽사상을 표방하는 문예지들이 쏟아져 나온 것을 보면 내 〈새벽〉도 이념적으로는 이들과 그다지 멀지않은 거리에 있다고 생각되어 기분이 좋았기 때문이겠지요.

왜 〈새벽〉이라고 지었을까요? 계몽성이 있고 힘찬 것을 좋아하던 나의 허영심 때문인 것 같습니다. 나는 대학 4년을 다니는 동안 그 흔하던 반 독재투쟁에도 한 번 참가해보질 못한 겁쟁이. 정치적 사상이 보수라서 그런 투쟁에 참여하지 않은 것은 아닙니다. 그러나 사회개혁을 꿈꾸는 사상

가나 되는 것처럼 계몽적인 의미가 담긴 이름은 짝 없이 좋아했었습니다.

그 버릇은 아직도 조금 남아있는가, 여행을 가도 그냥 편히 쉬는 여행이 아니라 흥밋거리가 되는 여행, 역사가 있는 여행을 더 좋아했습니다. 작년에 친구 넷이서 멕시코 남동쪽 유카탄반도에 일주일 여행을 다녀왔습니다. 휴양지에 틀어박혀 먹고 쉬고, 또 먹고 쉬는 것 말고는 아무것도 하지 않는 그야말로 "생각하는 소크라테스"의 여행이 아니라 "행복한 돼지"의 여행이었습니다. 옛날 젊은 시절 같았으면 내용 없는 여행이라고 거절했을 여행이었지요. 그러나 웬걸, 먹고 쉬고 하는 것만 되풀이하는 몇 날을 보내고 나니 "행복한 돼지"여행이 그렇게 편하고 좋은지는 몰랐습니다. 여행이 끝나서 집에 돌아오자마자 쿠바(Cuba)에 가는 또 하나의 비슷한 여행을 계획했습니다. 세상이란 살아가는 과정에 따라 이렇게 보이기도 하고 저렇게 보이기도 한다는 것을 너무나 절실히 체험했습니다.

나는 〈새벽〉에 "나는 촌놈이다.…"로 시작되는 수필 외에 '심리학에서의 조작주의'란 제목으로 글 한편을 실었습니다. 건방이 뚝뚝 떠는 제목이지요. K교수가 하루는 나를 부르기에 갔더니 〈새벽〉에 실린 조작주의에 관한 내 글을 칭찬하면서 자기 밑에 조교로 일해 볼 생각이 있느냐고 물었습니다. 당시 무급조교란 말 그대로 월급도 없는, 그렇다고 할 일도 없는, 외화 내빈의 자리였습니다. 그래도 무급조교가 유급조교로 이어진다는 희망 때문에 그 자리 하나도 얻기가 퍽 어려웠던 시절이었습니다. 나는 K교수가 나를 알아준다는 사실에 기분이 들떴습니다. 그런데 그 〈새벽〉에 실렸던 글이란 것도 내가 영어로 된 어느 방법론 책에서 거의 그대로 번역을 해서 짜깁기한 것이었기 때문에 K교수가 나를 칭찬한다는 것이 어떻게 보면 당연한 것이었지요. 나는 표절 행위를 저지르고도 아무런 죄의식을 느끼지 못했습니다.

참, 끝으로 내가 〈새벽〉이란 잡지를 애당초 K형과 같이 발행했다 하면서 K형 얘기는 쏙 빼고 내 얘기만 한 것 같습니다. 그래서 K형 얘기를 잠깐 하려고 합니다. K는 퍽 명랑하고, 예의 바르고 양같이 순한 친구였습니다. 우리 둘은 4년 대학생활을 끝내고도 무척 다정하게 지냈습니다. 나는 해마다 며칠씩 K의 집에 가서 있다가 집에 돌아오곤 했지요.

내 서가(書架)에는 체코슬로바키아 작곡가 드보르작 (Dvorak) 교향곡 4번 LP판 하나가 외롭게 꽂혀있습니다. 사연은 다음과 같습니다. 내가 지금의 아내와 첫 번 데이트로 간 곳은 서울 명동 시공관에서 열리는 KBS정기연주회 자리였습니다. 그날 연주곡목의 하나가 드보르작 교향곡 4번. K가 이 사실을 기억해두었다가 그가 캐나다로 유학 왔을 때 우리 집에 들러 선물로 주고 갔습니다. 어느 여의사와 결혼해서 꿈같이 살던 K가 몹쓸 병에 걸려 그 예쁘고 착한 아내를 두고 저세상으로 먼저 가버렸습니다. 그래서 드보르작 4번 교향곡은 젊은 시절 내 첫사랑의 추억도 되고, K에 대한 나의 사무치는 그리움으로 남아 서가(書架) 한 귀퉁이를 지키고 있습니다.

(2019. 6.)

나의 음악적 재능

사서삼경 중의 하나로 꼽히는 시경(詩經)은 공자가 지은 책이라는 것은 세상이 다 아는 사실이다. 공자는 그가 살았던 당시 대륙 곳곳에 떠돌던 민요의 가사를 모아서 한 권의 책으로 내놨다. 이 책에는 풍(風)이라 하여 남녀 애정표현 같은 음악의 노랫말과 아(雅)라는 공석연회에서 쓰이는 음악의 노랫말도 있고 송(頌)이라는 왕실에서 제사를 지낼 때 노랫말도 있다. 이 책이 곧 시경(詩經)이다. 그러니 공자가 묶은 전국 〈민요 대전집〉이라고 부를 수 있을 것이다.

공자가 살던 때는 중국의 춘추전국시대. 천하는 열 개 스무 개로 쪼개지고 또 쪼개져서 제후들은 다른 나라를 침략하여 자기나라의 영토를 넓히기에 정신이 없을 때였다. 이런 경우 제일 피를 많이 보는 것은 풀뿌리 백성. 어디를 가도 전쟁이요, 가뭄, 굶주림과 전염병에 시달려 살기는 점점 어려워질 때였다. 이때 공자는 각 지방에서 떠다니던 민요의 가사를 모아 기록했다. 왜 그랬을까? 그는 음악이 인간의 삶에 끼치는 감화란 말로 다 표현할 수 없으리만큼 크다는 것을 알고, 민요야말로 삶의 기쁨과 슬픔을 가장 절실하게 말해주는 것이라는 것을 깨달았기 때문일 것이다.

내 이야기를 좀 해야겠다. 나는 어쩌다가 취미로 색소폰을 배우고 있다. 그러나 내가 음악적재능이라고는 없는 사람이란 것은 색소폰에 입을 댈 때 마다 확인하고 있다. 재능이 있는 사람이면 몇 달 연습으로 이룰 수 있는 것을 나는 몇 년이 걸려야 하니 재능 탓을 아니 할 수가 있겠는가.

내가 음악적 재능이 없는 이유는 무엇 때문일까?

나는 그 이유를 우리 가정의 내력으로 돌리기를 좋아한다. 즉 나는 어렸을 때 아버지나 어머니가 노래를 부르는 것은 한 번도 보질 못했다. 우리 집뿐만 아니고 유가(儒家) 어느 집에서나 마찬가지. 유가에서는 춤추고 노래하지 않는다. 이런 노래 없는 전통이 대대로 내려오다 보니 내 음악적 재능이 말라 붙어버렸지 싶다. 마치 지적(知的)으로 자극이 전혀 없는 환경, 이를테면 책이라곤 전혀 읽지 않는 가정이나 집안에 책이라곤 전화번호부밖에 보이지 않는 문화적, 지적으로 불모지 환경이 대대로 이어오다 보면 생리적/신체적으로는 아무런 결함이 없는 문화적—가정적 타입의 저능아가 나오는 경우가 많은 것처럼—. 아무튼 내 변명의 요지는 "잘 되면 내 탓, 못 되면 조상 탓"의 꼴불견이다.

한 가지 이상한 것은 사림파 선비들이 정신적으로 신세를 지고 있는 것은 중국 위나라 말기의 혜강과 완적 같은 죽림칠현들일게다. 이들은 술 마시고, 거문고 타며, 산책하고, 담소하는 것을 무척이나 좋아하지 않았던가. 그런데 도대체 어떤 정치적 문화적 화학반응을 통해서인지는 모르겠으나 조선 사림파 선비들에게는 노래하고 춤추던 전통은 찾아보기가 힘든 게 사실이다.

≪우리 음악 어디 있나≫라는 좋은 책을 펴낸 이동식을 따르면 조선 군왕 중에 춤과 노래를 즐긴 사람은 이성계였다고 한다. 쉰여덟에 왕위에 오른 이성계는 정인지 같은 측근들과 회의를 끝내고 술자리에서 흥이 나면 신하들에게 노

래를 부르라고 명하고 흥이 오르면 자기도 나가서 덩실덩실 춤을 췄다고 한다. 이성계의 풍류를 이어받은 다음 임금들, 즉 정종, 태종, 세종, 세조까지는 임금이 신하들과 어울려 노래와 춤으로 스트레스를 풀었다고 한다.

성종 때 이르러 나이 어린 임금 성종은 개국공신파들의 세력을 눌러볼 의도로 과거를 통해 등장한 사림파 선비들을 대리 등용하였다. 그런데 멋이나 풍류보다는 자기 능력 과시에 더 바빴던 이 신진 사류들은 춤추고 노래하는 것은 군왕이나 지체 높은 조정 신하들의 점잖은 이미지를 훼손한다고 생각하였지 싶다. 그러니 성종 이후는 춤과 음악이 시들해졌다.

나는 대대로 유교 가정에서 자랐기 때문에 음악적 재능이 없다고 했는데 그것도 좋은 변명이 못된다. 내 주위에서 나와 비슷한 유교가정에서 자란 친구들 중에는 남다른 음악적 재능을 나타내는 녀석들이 한 둘이 아니지 않는가.

음악적 재능이 없다는 것을 숙명으로 받아 들인지 오래이니 지금 와서 새삼 문제가 될 것은 없다.

아깝고 분한 것은 세종대왕 같은 성군이 신하들과 춤추고 노래 부르던 전통이 없어져버린 것이다. 이동식을 따르면 영국의 에드워드 히드 총리나 독일의 헬무드콜 총리, 폴란드의 파데레프스키는 그들이 공직에 있을 때도 가끔 연주나 지휘봉을 잡았다 한다.

해방이 되고 난 후 우리나라의 수장으로 불리던 사람들은 그들이 좋아하던 애창곡이 있다는 말만 들었지 그들이 한 번도 대중 앞에서 노래 부르는 것은 보질 못했다. 우리나라의 수장도 대중 앞에서 노래를 부르거나 악단의 지휘봉을 잡는 날이 올까?

생각만 해도 가슴이 벅차오른다.

(2019. 3.)

무심정(無心亭)

무심정(無心亭)이란 내 고향 경상북도 안동면 예안군 청고개 산마루에 세워질 정자 이름이다. 좀 더 자세히 얘기해 보자.

지난 해 연말 한국에 있는 조카에게서 전화가 왔다. 내용인즉 안동시에서 하는 말이 예안읍에서 내 생가 역동까지 도중에 출렁다리도 있는 올레길을 하나 만들 계획인데 그 올레길 중간쯤, 그러니까 청고개가 시작되는 산마루 언저리에 정자를 하나 세우고 싶다는 것. 그러니 내가 정자 이름을 하나 지어서 붓글씨로 써 보내주면 좋겠다는 부탁이었다. 이 말을 듣는 순간 내 머리 속에 떠오르는 이름이 하나 있었다. 〈압구정〉이라는 세 글자다. 그러나 조카 말이 한문을 거쳐야만 그 의미가 분명하게 드러나는 정자 이름은 될 수 있는 대로 피하고 싶으니 우리말이나 그에 가까운 쉬운 말로 지어달라는 것이다.

압구정하면 생각나는 것이 서울 강남에 있는 동네 이름 압구정동일 게다. 그 이름이 지어진 것은 현대아파트 72동과 74동 사이에 있던 제7대 임금 세조의 참모 한명회의 정자, 〈압구정(狎鷗亭)〉 때문이다. 압구란 말은 친하다는 의미의 '친할 압(狎)'과 '갈매기 구(鷗)'를 합한 단어. 온 천지에 아침 물안개가 피어오르고 저녁노을이 붉게 타는 한적한 곳에서 세상사의 번거로움과 욕심을 잊고 산다는 말이다.

본래 한명회의 압구정은 오늘날의 여의도에 있었다. 여의도에 있던 것을 강 건너 남쪽으로 옮기고 압구정이라는 현판을 단 것은 성종 7년, 한명회가 크게 출세를 하고 난 뒤에 있던 일이다. 김종서, 성삼문, 박팽년 등의 단종지지 세력들을 제거하는데 세조를 도와 일등공신이 된 그는 탄탄대로의 출세 길을 걸어 일인지하 만인지상(一人之下 萬人之上)의 자리 영의정까지 올랐다. 또한 자기의 두 딸을 예종과 성종에게 시집보내서 임금의 장인이 되기도 했다.

신숙주, 김수온, 서거정 등 당대를 호령하던 명사/ 선비들이 다투어 압구정에 와서 아름다운 풍광 속에 술 마시며 시(詩) 짓던 이 정자는 그야말로 부귀영화와 세도가 더 할 수 없는 극에 이르다가 한명회가 일흔세 살 나이로 생을 마감하자 압구정 운명의 마감도 예상보다 빨리 왔다. 한명회가 갑자사화로 부관참시(죽은 뒤에 큰 죄가 드러나면 다시 무덤을 파고 관을 부수어 시체를 내거나 목을 잘라 거리에 내건 극형)의 형벌을 당하는 판국에 정자의 운명인들 온전할 리가 있었겠는가.

한명회는 살아 있을 때 자기는 갈매기와 친하며, 한적하고 고고한 인생관을 지키며 살아가고 있다고 생각했다. 그러나 세상 사람들은 그의 세욕에 찌들은 갈매기 사랑을 인정하기는커녕 도리어 비웃었다.

예로, 야사에 따르면 매월당(梅月堂) 김시습이 압구정에 들러 한명회가 지었다는 시구 "젊어서는 사직을 붙들다가 늙어서는 강호에 누웠노라(靑春扶社稷, 白首臥江湖)"라는 구절에서 붙들 부(扶) 대신 망할 망(亡) 자를 누울 와(臥) 대신에 더러울 오(汚) 자를 바꿔 넣어서 "젊어서는 사직을 망하게 하고 늙어서는 강호를 더럽혔네."로 고쳤다고 전한다.

이종묵이 쓴 〈조선의 문화공간〉을 보면 조선의 풍류객이요 도도한 선비 백호(白湖) 임제가 압구정에 들렀다가 "···갈매기와 친하다고 붙인 이름 정말 욕심을 잊었던가?/ 지난 일 모두 아득 할 뿐/ 한산한 뜰에는 풀만 수북/ 청은옹(淸隱翁)에 대한 끝없는 그리움/ 슬픔이 밀려들어 쏟아지는 눈물"이라는 시구로 한명회와 압구정을 싸잡아서 조롱한 것이 적혀있다. 세상에 전하는 것은 청은옹 김시습의 절개이지 한명회의 부귀영화가 아니란 말이다. 김시습 같은 지사가 뜻을 믿지 못하는 세상에 한명회 같은 속물(俗物)이 득세하는 것을 보면 눈물이 나온다는 것. 과연 임백호 다운 조롱이요 거침없는 탄식이다.

이 세상을 다녀 간 지가 500년이 넘는 한명회의 압구정을 장황하게 늘어놓는다고 해서 조카가 부탁한 정자 이름이 저절로 떠오르는 것은 아니다. 그래서 압구정 이야기를 떠나서 아내와 아침 커피 잔을 앞에 놓고 모든 가능한 정자 이름을 적어 보았다. 천년정도 나왔고, 안심정, 세심성, 관수정, 청산정, 백운정, 청현정, 무심정 등이 쏟아져 나왔다.

정자가 들어설 곳은 근처에 인가가 없고 사람의 왕래가 빈

번한 곳도 아니다. 인적 없는 산길을 따라 한참 가다보면 청고개를 바로 눈앞에 두고 갑자기 앞이 확 트이고 저 멀리 산 밑으로는 낙동강이 굽이쳐 흐르고 강 건너 저쪽 편으로는 나지막한 산들이 겹겹이 에워싸고 있는 그런 풍광이 펼쳐진다.

이렇게 적적한 곳에 외로이 서 있을 정자. 봄이면 꽃을 찾아 산에 오르는 상춘객이나, 올래길 산책에 나섰다가 피곤한 다리를 쉬어가고 싶은 사람들, 낚싯대를 메고 그늘을 찾는 고기잡이꾼 말고는 찾아오는 사람들이 그리 많지는 않을 것이다.

그러나 이 쓸쓸한 정자에도 봄이면 새들이 와서 지저귀고, 하늘에 뭉게구름은 피어나겠지. 여름 소나기와 겨울의 매서운 눈바람을 맞으며 말없이 오가는 세월만 지켜보고 있을 이 무심한 정자.

옳다. 정자 이름은 인연을 맺을 필요도, 풀 필요도 없을 무심정으로 하자. 한명회의 압구정은 수레에 실려 온 고관대작들이 술잔을 들고 내려다보는 경치였겠으나 무심정을 찾는 이들은 제 발로 걸어와서 피곤한 다리를 쉬게 하려는 나 같은 필부필부(匹夫匹婦)들일 것이다. (2019. 1.)

구두

나는 옷이나 장갑, 신발 따위는 내 것이라고 아끼고 챙기는 타입은 아니다. 그러나 아주 어렸을 때는 새 운동화 한 켤레라도 사오는 날이면 너무 좋아서 잠 잘 때 그 새 운동화를 가슴에 품고 잠이 들곤 했다. 그러나 이제는 물건을 새로 사도 그저 그렇고 시큰둥한 게 새것이라고 특별 대접을 해주는 법은 없다.

집사람은 내가 물건을 퍽 정갈스럽게 쓴다고 칭찬을 한다. 이것이 나에 대한 집사람의 몇 가지 안 되는 칭찬 중의 하나다. 가만히 생각해 보니 그 말도 과히 어긋난 말은 아니다.

예로 내 자켓은 1970년 내가 학위를 마치고 첫 직장으로 노트르담 대학교에 갔을 때 산 물건이 아닌가. 이 자켓을

20년 넘게 입었다. 너무 오래 입었더니 소매가 너덜너덜 해어져서 수선집에 가서 안감을 새로 대고 소매를 줄였더니 새 물건이 되었다. 이 재건축한 자켓을 입고 또 한 20년을 잘 지냈다. 처음 샀을 때는 자켓의 옷깃(lapel)이 넓은 것이 유행이었는데 좁아졌다가 다시 넓어지는 반복을 되풀이했다. 그러나 나는 유행의 변화에는 아랑곳 않고 그대로 입고 다녔다. 언젠가 우리가 살던 런던에 갔을 때 옷가게에 가서 내가 입던 트위드(tweed) 자켓이 있느냐고 물었더니 그런 옷감으로 자켓을 만든 지는 옛날이라는 대답이 나왔다.

물건을 정갈스럽게 쓰는 또 하나의 예로는 구두인 것 같다. 지금 내가 신고 다니는 구두는 2003년인가 2004년, 내가 E 여대에 있으며 캐나다를 잠시 방문했을 때 두 켤레를 동시에 산 물건이다. 아무리 두 켤레를 가지고 번갈아 신었다지만 생각해보니 구두 한 켤레에 15년 넘게 신고 다닌 셈이다. 집사람 성화에 못 이겨 구두를 바꿔볼 생각도 해보나 별것도 아닌 것을 가지고 쇼핑센터까지 가기는 정말 귀찮아 오늘 내일 미루고 있다.

이 구두 게이트의 배후인물은 미석(美石) 정옥자라는 올해

78세의 노파다. 나는 꿈 많은 19살, 그 노파는 꽃 피는 청춘의 17살 서로 눈이 맞아 결혼, 같이 산 지가 벌써 50년이 넘었다.

정 노파는 고려가 망하고 600년 동안 한양에서만 살았다는 그야말로 한양의 원주민—. 그러나 나는 태산준령의 경상도, 청량산 기슭에서 여름이면 물고기나 잡고 남의 집 수박 밭이나 넘겨다 보던 야생마(野生馬). 설사 음식 한 젓가락을 바지에 흘렸다 해도 종이 수건으로 쓱 한 번 문질러버리면 그만이다. 나는 사내아이 옷에 음식 얼룩이 몇 점 있는 게 무슨 큰 험이냐, 물이 너무 맑으면 물고기가 없는 법, 그대로 둘 것을 권한다.

월남 국수집이 약간 지저분해도 괜찮은 것처럼 남자도 옷차림새가 좀 꺼벙해 보여도 여자들의 나들이옷에 묻은 얼룩처럼 치명적은 아니란 말이다. 쌀밥이 귀하던 조선 때, 어쩌다가 쌀밥을 먹는 날이면 '나도 쌀밥 먹었다'는 표시로 입가에 밥알 한 톨쯤은 일부러 붙어 있게 했다지 않는가.

나는 구두 때문에 아버지 어머니에게 철저히 무시당한 적이 있다. 이야기는 다음과 같다. 지금으로 49년 전 내가 학위를 마치고 노트르담 대학교에 교수자리를 얻은 때였다.

아버님, 어머님께서 가족초청 비자로 캐나다에 오셔서 밴쿠버공항에서 넬슨 집으로 오는 길에 모텔에서 하루 밤을 묵게 되었다. 밤중에 내가 화장실을 가려고 잠을 깼을 때, 아버님, 어머님이 두런두런 말씀을 나누는 것이 들려왔다. 내가 재구성한 내용은 대략 다음과 같다.

　　아버지 : 동렬이 자가 직장도 없는 모양일세. 머리 해가지고 댕기는 꼬라지나 신고 다니는 구두나 자동차 꼴 좀 보소. 저게 어찌 대학 교수란 말이요….
　　어머니 : 동렬이 해 가지고 댕기는 꼴을 보이까네 직장도 변변한 게 없는 모양이지요….

　외모에서 나는 불합격 판정을 받은 것이다. 머리는 이발을 못해 어깨까지 내려오고(그때 나는 장발족이었다.) 옷은 마대 같은 옷감으로 만든 양복저고리에(나는 당시 tweed로 만든 최신 유행 자켓을 입고 다녔다.) 내가 신고 다니는 신은 왈라비 캐주얼(Wallaby casual), 반짝이는 구두가 아닌, 극히 투박스럽게 보이는 구두였으니 아버지 어머니의 기준으로 보면 "내 아들이 교수요." 하는 말은 도저히 나올 수 없었던 모양이다.

출판 기념회다, 색소폰 연주회다, 무슨 강연이다 하여 사람들의 눈과 귀가 내게로 쏠리는 날이면 내 구두에 대한 아내의 불만은 그 정점을 이룬다. 이런 날이면 나는 다음과 같은 요지의 설교 말씀을 혼자 중얼중얼한다.

몸치장은 추위와 더위를 막아주는 기능 말고도 남에게 혐오감만 주지 않으면 OK다. 내가 이 나이에 말쑥한 노신사가 되던, 지저분한 늙은이가 되던 무슨 상관이랴? 말끔한 노신사가 되었다고 '저 영감 여편네는 영감치송에 얼마나 골머리를 앓고 귀찮고 바쁠까' 하고 동정하는 아낙네도 없을 것이요, 지저분한 늙은이가 되었다고 '저 영감 여편네는 남편을 저 꼴로 해두고 자기는 뭘 할까?'하고 궁금해 하는 사람도 없을 것이다.

이제 내 조선나이 80세. 아무데서나 방귀를 뀌어도 되는 나이다. 공자도 나이 80세면 마음에 내키는 대로 행동을 해도 법도를 넘지 않는다고 했지 않는가. 공연히 새 구두 산다, 안 산다 하지 말고 내년에는 못이기는 척하고 집사람 손에 끌려 쇼핑센터 구경이나 한 번 나가볼까?

(2019. 5.)

풍금소리

    나는 초등학교를 경상북도 안동군 예안면 면 소재지에 있던 '예안초등학교'를 다녔습니다. 일제강점기 때 나무로 지은 전형적인 학교 건물, 교실 뒤로는 절벽같이 가파른 선성산이 버티고 있고 가을이면 선성산 단풍잎이 교실 벽에 쌓이는 학교. 교문에서 2, 3분만 걸어가면 둑을 따라 바로 발밑을 지나 저 멀리 휘돌아가는 낙동강 물줄기가 훤히 보이는 그런 풍광이었습니다.

    그 속에서 우리는 책 읽고, 노래 부르고, 공차고, 싸움박질하고, 학예회하고 청군 백군 나뉘어 운동회를 벌이곤 했지요.

    명색이 면소재지라서 근처에 있던 여러 마을에 비하면 예안면 소재지는 그야말로 '대도시'였습니다. 한 학년에 학급

이 2개나 되니 엄청나게 큰 학교가 아닙니까? 그때는 모든 것이 단순하고, 복잡한 것이라고는 눈에 띄지도 않던 시절, 한 번 같은 반 아이가 되면 6년을 같이 다니는 게 보통이었습니다. 지금처럼 졸업생 거의 전부가 중학교에 진학하는 시절은 아니었습니다. 그러니 졸업식도 '이제 헤어지는구나' 하는 석별의 감회는 지금과 비교해 몇 배가 더 컸던 거 같습니다.

나는 초등학교 졸업식 때의 광경을 어렴풋이나마 기억합니다. 그때 졸업식은 지극히 엄숙하게, 시작부터 끝까지 장례식 분위기로 진행되었습니다. 졸업식은 어디나 마찬가지겠지만 교장선생님께서 말씀하시고 졸업장 수여, 재학생대표의 송별사, 졸업생을 대표한 학생의 고별사(valedictory)가 있고 이어서 졸업식 노래가 있었습니다. 졸업식 노래는 그날 행사의 클라이맥스였지요. 당시 우리가 불렀던 졸업식 노래는 아동문학가 윤석중이 노랫말을 쓰고 정순철이 멜로디를 단 〈졸업식 노래〉였습니다. 모두 3절로 짜인 이 노래의 노랫말이 나에게는 너무나 감격스럽기에 그 전부를 여기 적어 보겠습니다.

> 빛-나는 졸업장을 타신 언니께
> 꽃다발을 한-아름 선사합니다
> 물려받은 책-으로 공부를 하며
> 우-리는 언니 뒤를 따르렵니다
>
> 잘 있거라 아우들아 정든 교실아
> 선-생님 저희들은 물러갑니다
> 부지런히 더 배우고 얼른 자라서
> 새 나라의 새 일꾼이 되겠습니다
>
> 앞-에서 끌어주고 뒤에서 밀며
> 우리나라 짊어지고 나갈 우리들
> 냇-물이 바다에서 서로 만나듯
> 우리들도 이다음에 다시 만나세

보시다시피 어려운 낱말 하나, 애교(愛校)니 애국(愛國)이니 하는 형식적으로 내뱉는 말 한마디 없는, 그야말로 수정같이 맑은, 순도 100%의 우리말이지요. 그 시절은 선생님이 나와서 손수 풍금을 치고 우리는 노래를 불렀습니다. 1절은 재학생들이, 2절은 졸업생들이, 3절은 재학생과 졸업생이 함께 불러서 석별(惜別)의 애틋한 분위기를 돋웠습니다. 노래의 멜로디가 얼마나 애달픈지 2절을 부를 때면 교실 저쪽에서 가시나(우리 사내아이들은 여학생들을 이렇게 불렀지요)들이 훌쩍훌쩍 흐느껴 우는 소리가 들렸습니다.

한국 E여대에 가 있을 때 은퇴가 가까워져오는 어느 이른 봄이었습니다. 나는 내가 12살, 초등학교 졸업식 때 노래를 부르던 그 정서에 또 한 번 젖어 들어보고 싶은 충동에 사로잡혔습니다. 내가 졸업한 국민학교와 비슷한 산골학교의 졸업식에 가보리라는 생각을 했지요.(내가 졸업한 예안국민학교는 수몰지구라 폐교되었습니다.) 이래서 낙착된 곳이 경상북도 안동군 도산면 온혜리에 있는 온혜초등학교 졸업식이었습니다.

온혜초등학교는 노송정(老松亭) 종갓집에 퇴계(退溪) 이황이 태어난 태실(胎室)이 있는 마을로 내가 졸업한 예안국민학교와 잘 비교가 되겠다고 생각했습니다. 우리 부부는 졸업식 전날 안동에 가서 시내 여관에 묵고 그 이튿날 아침

일찍 온혜초등학교에 가서 식장에 자리를 잡고 있었습니다.

졸업식이 시작되었습니다. 우리가 학교 다니던 시절의 엄숙하고 애잔한 기색은 어디에서도 찾아볼 수 없었습니다. 〈졸업식 노래〉도 사람이 나와서 피아노나 풍금을 치는 줄로 알고 있었는데, 단추 하나만 누르면 애국가든 졸업식 노래든 〈독도는 우리 땅〉이든 무슨 노래든 척척 나오는 그런 최신식 CD 졸업식이었습니다. 행사의 흥취랄까 멋이라곤 전연 찾아볼 수 없었지요. 12명의 졸업생들은 처음부터 끝까지 킬킬대며, 저들끼리 귀엣말을 해가며 작별의 정서는 그어느 구석에서도 찾아볼 수 없었습니다.

졸업식이 끝난 후 한 번 젖어보리라 꿈꾸었던 정서는 어딜가고 우리 부부는 큰 허탈감에 빠졌습니다. (이걸 보려고 그먼 길을 왔나? 하는 후회도 들었습니다.) 내가 68년 전의 감회 어쩌고 한 것은 허황하기 이를 데 없는 꿈이 되고 말았지요.

이제 내게 남은 것은 옛날, 그 옛날, 어느 봄 예안국민학교 교정에 울려 퍼지던 그 풍금소리와 그날의 애잔한 작별의 정서뿐입니다.

(2020. 2.)

P교수

　P교수는 나와 동갑네기입니다. 그의 고향은 태산준령의 경상도, 산 높고 물 맑은 지리산자락, 예로부터 지조 높은 선비가 많이 태어난다는 S고을이지요. 내가 그를 알게 된 것은 내 수필집 ≪꽃피고 세월 가면≫ 한 권이 연결고리가 된 것 같습니다. 이야기는 이렇습니다.

　그가 은퇴한 K대학교 명예교수 휴게실에서 우연히 집어든 내 수필집 ≪꽃피고 세월 가면≫을 읽고 내 이름을 기억해뒀다가 시내 서점에 가서 나의 다른 수필집 ≪청산아 왜 말이 없느냐≫를 사서 읽고 난 후 나에게 관심을 가지게 되었다고 하더군요. 대단한 영광입니다. 그 후 내가 그에게 인편으로 보낸 수필집 ≪꽃다발 한 아름을≫을 읽고 난 후 그가 쓴 책 ≪세계지리산책≫ 두 권을 보내왔더군요. 그는 내가 서예를 하는 줄 알고 그의 아버지 어머니 산소에 묘비를 써 달라고 부탁하여 내가 용비어천가체로 써드린 적도 있습니다.

그는 지리학자입니다. 이 세상 구석구석 어디고 안가본데가 없을 정도로 부지런히 돌아다녔으니 본 것도 많고 들은 것도 많은 선비이지요. 몇 년 전 한국을 방문했던 길에 대구에 가서 P교수를 만났습니다. 첫눈에 반할정도로 소탈하고 허름한 청바지차림이 꼭 과수원집 아저씨 같은 인상을 주는 분. P씨는 자기 모교에 교수로 있었는데 몇 년 전에는 그 대학 총장자리에 올랐다고 합니다. 그런데 그의 총장 임기가 끝났는데도 학생들이 총장직 앙코르를 끈질기게 요구해서 K대학 역사에 전례가 없는 총장직을 두 번 연임을 했다고 합니다. 그는 말을 할 때 화려한 장식이나 격식을 차리는 법도 없고 꾸밈도 과장도 없는 직선적 화법을 쓰는 사람이니 학생들이 안 좋아할 이유가 없겠구나 하는 생각이 들었습니다.

그가 한 번은 내게 다음과 같은 어릴 적 이야기를 들려주었습니다. 그의 아버지는 학교를 가보지 못한 무학 농사꾼이었다고 합니다. 아들을 공부시키기 위해 S군 어느 시골 초등학교에 다니던 아들을 대도시 대구로 보냈답니다. 대도시로 전학을 온 P는 도시환경에 적응하기가 무척 힘들었다는군요. 학년 말 성적표에서 소년 P는 반에서 맨 꼴찌를 했다고 합니다.

아버지한테 꼴찌를 했다는 얘기는 차마 못하겠고 고민 고민하던 P는 통신부(오늘의 성적표)를 손질해서 꼴찌를 1등으로 고쳐버렸다고 합니다.(간은 무척 큰 놈이지요.) 아들이 1등을 했다는 것을 알리는 성적표를 거머쥔 아버지는 너무나 기뻐서 만나는 사람마다 아들 자랑을 하며, 한 마리밖에 없던 돼지를 잡아서 온 마을 사람들을 불러 잔치를 벌였다고 합니다.

세월은 흘러 어른이 될 때까지 성적표 조작을 고민하던 P씨는 이를 악물고 열심히 공부하여 나중에는 1, 2등을 다투는 우등생이 되었답니다.

대학을 졸업하고 대학원, 미국 유학의 코스를 거쳐 모교의 교수가 된 것입니다. K대학의 총장이 되고 나서 아버지에게 72명 중 꼴찌 한 것을 1등으로 고쳤다는 사실을 고백했다고 합니다. 그 말을 들은 아버지는 "나는 벌써 옛날에 알고 있었다."고 짧게 대답을 하시더라는 것이었습니다.

소년 P는 왜 꼴찌를 1등으로 고쳤을까요?

내 생각으로는 소년 P의 어린 마음은 아버지에게 잘 보이고 싶은 욕망으로 꽉 차 있었기 때문이었다고 생각합니다. 영문도 모르고 아들이 1등을 했다고 기뻐하는 아버지를 본 어린 P의 마음속에 어떤 생각이 오갔을까요? 겁도 나고, 발각되면 어떻게 하나에 대한 걱정, 죄책감, 미안함, 후회, 죄스런 마음 등이 뒤죽박죽 제 멋대로 마구 쏟아져 나왔겠지요.

지나가는 말로 내뱉은 말 한마디가 그 말을 듣는 사람에게는 평생을 두고 가슴에 못 박혀 있게 할 말이 될 수 있는 것.

딱 한 번 겪은 일에 가슴 저려오는 감동을 받아 이 감동이 남은 인생행로에 등댓불 구실을 하는 경우도 있습니다. 이래서 우리 인생은 풍요롭고 흥미진진한 것이 아닐까요.

프랑스의 소설가 위고(V. Hugo)가 쓴 ≪Les Miserables≫의 주인공(Jean Valjean)도 그가 젊은 시절 천주교사제관에 들어가 은촛대를 훔쳤다가 잡혀서 경찰이 그 범인을 신부 앞에 데리고 갔을 때 신부가 경찰관에게 "촛대는 내가 준 것이다."는 말 한마디가 그 범인을 감동시켜 일생을 다른 방향의 길로 가게하는 계기가 되지 않았습니까. 이런 감격스런 일 때문에 우리는 절이나 교회에 가서 눈물을 흘리며 기도하고 착한 사람이 되어달라고 비는 것이 아니겠습니까.

성적표를 고친 아들의 행위를 알았거나 몰랐거나 아버지는 거기에 대해서 수십 년을 말 않고 계셨습니다. 아버지의 이 침묵은 경찰관에게 "이 촛대는 내가 준 것이다."라고 변호해준 신부의 말씀과 마찬가지였다고 봅니다. 어린 P에게는 무언의 은혜인 셈이지요. 우리 인생에는 사랑이나 은혜란 사건에 대한 논리적 전개를 벗어나는 경우가 더 많은 것 같습니다.

(2019. 5.)

여름밤

　대학교 4학년 때였습니다. 여름방학이 되어 나는 같은 반 친구 L과함께 내고향집 역동에 갔습니다. 여름밤이 되어 방 안보다는 방밖이 더 시원할 것 같아서 사랑마루로 잠자리를 옮겨서 아버지, L, 나 이렇게 셋이서 나란히 누워 하룻밤을 보냈습니다. 당시 나는 미스정이라는 같은 과 2년 후배 여학생에 홀려 어떻게 하든지 이 소녀를 놓쳐서는 안되겠다는 생각이 들어 L에게 일이 무사하게 잘 되도록 아버님께 말해달라는 부탁도 해두었습니다. 말하자면 뇌물을 쓴 것이지요. 행여나 아버님이 연애결혼에 반대하시면 어떡하나, 그야말로 물샐 틈 없는 준비를 해 두자는 것이었습니다.

　말 잘하고 붙임성 있는 L은 아버님과 금방 가까워졌는데 L과 아버님이 얘기를 나누는 동안 나는 잠이 든척하고 두사람의 얘기를 엿듣고 있었습니다. 이야기는 L의 주도로 요새는 남녀도 남남처럼 평생 우정을 이어갈 수 있다는 것, 연애결혼이 중매결혼보다 낫다는 계몽적인 색채를 띤 것들이었습니다.

당시 유행하던 최신 서양풍조에 겉멋이 들대로 든 청년 L과 조선 500년의 유교윤리의 프라이드를 양 어깨에 짊어진 보수파의 노장 아버님과의 대결이었습니다. L은 남녀도 남자와 남자처럼 평생 동안 우정관계로 이어갈 수 있다는 것을 열렬히 주장하였지요. 아버님께서는 L의 화려한 말솜씨에 자기가 밀린다 싶었는지 L의 연설이 끝날 때까지 말없이 듣고만 계시다가 L의 열변이 끝나자 "니(너) 다했나?"하고 확인 질문을 하시더니 "이 사람아, 남녀관계란 니(너의) 말처럼 평생 계속될 수 있다면 오죽 좋겠노. 그런데 남자 마음이란 본래 더러운 것이지 그렇게 깨끗한 것이 못된단 말이여. 처음에 깨끗한 마음으로 만났다하더라도 시간이 가면 더러운 심보와 욕심이 발동해서 기어코 여자를 건드리고 싶은 엉큼한 마음이 생기는거여… 내 하나 물어보자. 동렬이 애인이라카는 가(그 아이) 니도 잘 알제? 그 아는 괜찮은 안(아이)가?" 하고 갑자기 내 연인이요 천사, 당시의 미스 정이 어떤 사람인지 물어보셨습니다. 아버지는 나이도 어린 아들친구와 남녀애정에 관한 얘기를 하는 것 보다는 사귄 지가 1년도 채 안 되는, 앞으로 자기 며느리가 될 가능성이 있는 사람이 더 궁금했던 모양입니다.

그것이 지금부터 꼭 57년 전 경상북도 안동군 예안면 부포동 역동 어느 여름밤에 있었던 일입니다. 그동안 우리가 누워서 이야기하다가 잠들던 사랑마루는 헐렸다가 다시 들어섰습니다. 아버님과 세상 돌아가는 얘기를 나누던 L과 나는 아직도 바다 밖으로 떠돌고 있습니다. 아버님과 L의 이야기에 나오는 미스정은 나의 본처가 되어 아이 둘을 낳고 우리 부부는 4살 박이 소꿉장난 하듯이 서로 킬킬거리며 웃고 지나다가도 별일 아닌 것 가지고 금새 토라지는 생활을 되풀이하며 살고 있습니다.

아버님은 13살에 16살이 된 어머니에게 장가를 가셨습니다. 첫날밤에 아버님이 어머님에게 무슨 말씀을 하시더냐고 물었더니 어머님의 대답이 "나는 이 세상에서 글 읽는 것(공부하는 것)이 제일 싫다."는 것이 대답이었습니다. 내가 어렸을 때는 아버님의 고함으로 역동집 기왓장이 들썩들썩할 정도로 두 분이 맹렬하게 다투시던 것을 보고 겁이 났던 것이 생각납니다. 그러나 아버님은 보기 드문 애처가이셨습니다. 아버님은 L에게 자기는 13살에 신부얼굴이 어떻게 생겼는지도 모르고 결혼식 당일 만나서 오늘까지 살아왔다면서 신부도 신랑 얼굴 한번 못보고 배필을 이루고 살아도 살면 또 정(情)이라는 게 생긴다고 말씀하셨습니다. 아버님 말씀을 따르면 사랑하기 때문에 결혼하는 것이 아니라 살다보면 정이 새싹 나듯 나고 사랑이 생겨난다는 말이 아니겠습니까.

옛날 사람들은 사랑이란 말을 쓰지 않았습니다. 그 말도 서양에서 들어온 말이지요. 서양 사람들은 "나는 당신을 사랑합니다."라는 말을 해야 하지만 동양에서는 사랑한다는 말을 입 밖에 내놓는 것은 어딘지 격이 떨어지는 것으로 생각했습니다. 아버님같이 13살에 배필을 만나 제2차 성(性) 발달이 끝나기도 전에 아이를 낳고 평생을 살아온 사람이 언제 사랑한다는 말을 할 겨를이나 있었겠습니까.

쌍고동 울어울어 연락선은 떠난다

잘가소 잘있소 눈물젖은 손수건

진정코 당신만을 진정코 당신만을 사랑하는 까닭에

눈물을 씻으면서 떠나갑니다

아이 울지를 마세요

위는 1937년 2월 박영호가 노랫말을 쓰고 김송규(김해송)가 멜로디를 달고 장세정이 취입한 〈연락선은 떠난다〉의 노랫말입니다. '아이 울지를 마세요'라는 구절이 너무 선정적이라는 이유로 음반판매가 금지되었답니다. 사랑이란 말을 함부로 입 밖에 내놓는 것이 아니라는 사람들도 부두의 이별같이 절박한 상황에 놓이게 되면 사랑한다는 말에 최후의 진술처럼 술술 나오게 되는 것 같습니다.

세상을 하직하는 임종석에 누운 환자 방문했을 때를 생각해보십시오. 무척이나 장엄하고 절박한순간, 이때 방문자가 환자에게 무슨 말을 할 수 있겠습니까? 사랑한다는 말 밖에는 없을 것입니다. 내 생각으로는 인간이 쓰는 말 중에서 사랑이란 말처럼 우리가 생을 마감하는 그 순간까지 언제, 어디서나 들어보고 싶어 하는 말은 없을 것입니다.

역동 고가(古家) 사랑마루에 누워서 세 사람이 이야기하다가 잠들던 그 청순 무구한 여름밤은 내게는 두 번 다시 돌아오지 않았습니다. (2019. 5.)

장모님

　나는 대학교 3학년 때 지금의 아내 되는 사람을 만났습니다. 몇 달이 지난 후 고향 역동에 가서 아버님 어머님께 "애인이 생겼다."는 보고와 함께 애인 미스정에 대해서 아는 대로 말씀드렸습니다. 미스정의 아버지는 미스정이 초등학교 3학년 때 월북을 했고 그 뒤로는 미스정의 어머니 혼자서 시부모 내외분을 모시고 집안 살림을 꾸려가고 있다는 것을 말씀드렸습니다. 이야기를 듣고 계시던 어머님께서는 웃으시면서 "열일곱 살밖에 안 되는 년이 하라는 공부는 않고 바람이 들었으니 저 일을 어찌 하나(말이 되는 것 같아서 가만있었습니다.)" 하는 탄식만 하셨습니다. 묵묵히 듣고 계시던 아버님은 "처자식 두고 이북으로 내걸은 것은 필경 그 집에 무슨 문제가 있을 것이다. 잘 살펴봐라."는 말씀만 하셨습니다. 두 분 모두 애인이 생겼다는 말에 기분이 나빠하지는 않으신 것 같았습니다.

그해 초겨울이었던가 하루는 아무 예고 없이 미스정의 집을 찾아갔습니다. 아무리 살펴봐도 처자식 두고 이북으로 넘어간 사람의 집이 이상한 것은 전혀 찾아볼 수가 없었습니다. 우리집에 비해서는 약간의 고요가 감도는 것 말고는 아무런 차이도 없었습니다.

처음으로 내 장모가 될 어른을 뵈니 나이가 무척 어려 보였습니다. 하기야 당시 장모님 나이가 서른일곱 청춘이었으니 내 누나라면 몰라도 장모라는 생각은 100리 200리 밖이었습니다.

1966년 9월 12일 내가 캐나다로 유학을 떠나던 날, 김포공항으로 가려고 12명은 너끈히 탈 수 있는 합승을 한 대 빌렸습니다. 그때는 지금과 달라 다른 나라에 간다는 것이 오늘날처럼 자유롭지 못한 시절, 적어도 3년 내지 6년은 서로 얼굴을 보지 못할, 그야말로 기약 없는 이별이었으니 가는 사람이나 보내는 사람이나 무척 큰 별리(別離)의 슬픔에 젖어있을 때였습니다. 그러나 나는 꿈속에서나 바라던 유학길을 떠나는 흥분 때문에 이별의 슬픔이고 뭐고 느낄 경황도 없었습니다.

장모님은 합승의 바로 내 앞자리에 앉았고 나는 바로 뒤에 앉았습니다. 김포공항으로 떠나오는데 내 옆자리에 앉았던 둘째누나가 내 귀에다 대고 "동렬아, 네 장모한테 '장모님요'하고 한번 불러드려라."하고 여러 번 속삭였습니다. 내 둘째누님은 한동대학 김영길 총장의 외숙모되십니다. 남편이 월북하는 바람에 혼자 살고계시니 입장이 비슷한 장모님에게 초록은 동색이라 일종의 연민의 정을 많이 느끼시는 모양이었습니다. 나는 무슨 구실을 잡아 장모님을 불렀는지는 모르지만 에라 모르겠다 "장모님요"하는 네 마디를 경상도 사나이답게 크게 입 밖으로 내뱉었습니다. 그 순간 장모님은 귓불이 빨개지면서 뛸 듯이 좋아하시는 모습이 뒤에서도 느낄 수 있었습니다.

남편은 월북하고 빨갱이가족으로 몰려 사회적 배척과 시달림을 받으며 오로지 외동딸 하나만 들여다보면서 살아가는데 이 딸년이 대학에 발을 들여놓자마자 바람이 났으니 얼마나 실망, 걱정을 했겠습니까. 다행히 딸의 애인이 전액 장학금으로 유학을 간다니 걱정은 조금 줄었겠지요. 먼 길 떠나는 날 경상도 촌놈 사위가 "장모님요"하고 기운차게 불렀으니 그 감격이란 말로 다 표현할 수 없었지 않겠습니까?

캐나다에서 우리부부는 장모님을 모시고 25년 한솥밥을 먹었습니다. 우리가 런던 온타리오에 살 때, 장모님은 영어학교에 다니셨습니다. 그런데 영어공부를 얼마나 열심히 하시는지 우리부부도 놀랐습니다. 장모님은 은근히 자기머리가 좋다는 사실을 자랑하실 기회로 생각하셨던지 "내가 대학졸업생보다 못할게 뭐 있노?"하시며 공부를 밤1시~2시까지 하시는 것이 아닙니까? 어떤 날은 내가 문을 빠끔히 열고 들여다보며 "장모님 아직도 안 주무시네요. 공부 너무 하지마시고 밤이 늦었으니 그만 주무세요."하면 장모님은 이 사위의 말에 무척 흐뭇해하시는 표정이었습니다. 솔직히 말하면 "장모님, 이제 그만 주무세요."하는 말은 장모님을 위한 말이라기보다는 나를 위한 이기적인 심보가 숨어있다는 말이었습니다. 너무 늦게 주무시면 이 사위 아침이 늦어질 수 있다는 것이 말 뒤의 말이 아니겠습니까. 이것을 모르는 장모님께서는 '내 사위가 내 걱정을 가장 많이 해주는 효자사위'로 생각하고 속으로 흐뭇해 하셨던 것입니다.

세월은 흘러 장모님은 돌아가시고 우리가 살던 도시 런던 온타리오의 어느 공동묘지에 유택(幽宅)을 마련해드렸습니다. 이 사위도 올해로 여든 살이 됩니다. 장모님이 지금까지 살아계셨으면 얼마나 좋겠습니까? "나무가 가만히 서고자 해도 바람이 가만히 두지를 않고, 자식이 부모에 효도하려 해도 세월이 기다려주지 않는다."(樹欲靜而風不止/ 子欲養而歲不待)는 옛말은 만고의 진리라고 생각됩니다.

오는 9월 21일은 장모님이 돌아가신지 21년째 기일입니다. 아내와 함께 런던 온타리오 우드랜드(Woodland) 공동묘지에 쓸쓸히 누워 계신 장모님 산소에 다녀올 계획입니다.

(2019. 8.)

도천서주(陶泉書廚)

  '도천(陶泉)'은 나의 아호이고 '서주(書廚)'란 서실이란 말과 같습니다. '서실'이라 해도 되지만 '음식점'을 '식당'이라 하지 않고 '방비원'이니 '삼천궁'이니 하는 것과 마찬가지로 '서실'이란 말에서 한발짝 물러나서 '서주'라고 하면 더 멋있게 보이지 싶어 그렇게 이름 지은 것입니다. '도천'이란 아호는 나의 서예스승 일중(一中) 김충현. 내가 그에게 서예를 배울 때 지어주신 것이고 '서주'란 말은 내가 갖다 붙인 서실이란 말입니다. 글씨는 40년쯤 되는 어느 무더운 여름 한국을 나갔던 길에 일중께 받아서 현판으로 표구를 해서 캐나다까지 가져온 것입니다.

  은퇴하는 어느 교수가 자기 집과 연구실에 있던 책을 모두 도서관에 기증했다는 신문기사를 읽으면 나는 몹시 부러운 마음이 듭니다. 집이나 학교 내 연구실 책꽂이에 꽂힌 책은 몇 권이 되질 않고 그나마 꽂혀있는 책들도 내가 현재 읽고 있는 것 말고는 4, 5년이 지난 것들이라 별 소용이 없기 때문이지요. 나는 학생들에게도 출판 된지가 10년 혹은 15년이 넘는 책들은 특별한 이유 없이는 읽지 말고 논문에 인용도하지 말 것을 권고합니다. 학문이 발달하는 속도가 너무 빠르다보니 5년이 넘으면 벌써 낡은 지식이 되어가고 있는 세상이 아닙니까? 이 낡은 지식만 수북이 담긴, 아무도 읽지 않을 책을 누구에게 준다는 말입니까.

얘기가 난 김에 한국에서 몇 번 가본 교수은퇴식 얘기를 먼저하고 다음으로 넘어가겠습니다. 은퇴를 하는 교수들이 교수에 임명되고 나서부터 발표한 연구논문이나 산문 등의 지금까지 쓴 것을 모두 모아서 두툼한 책으로 내서 이 책을 은퇴식에 온 손님들에게 한권씩 돌려주는 것을 보았습니다. 그 두툼한 책 안에는 온갖 잡동사니, 산문, 신문에 낸 글, 교회지하실에서 일반 학부모들을 위한 연설문이 포함되어 있는데 이런 학술논문이 아닌 글을 왜 여기에 담았을까 하는 궁금증이 들었습니다.

설령 권위 있는 학회지에 실렸던 연구논문이라 하더라도 평생 모은 저술이니 10년, 20년, 30년 전에 썼던 것들이라 지금은 케케묵은 지식에 지나지 않는 것들이 아니겠습니까? 그런 책을 붉은 보자기에 싸서 논문 봉정식이 있겠다는 사회자의 말이 끝나기도 전에 은퇴교수와 사모님은 앞에 나가서있고 그 붉은 보자기로 싼 논문집은 마치 국군장병의 유골(遺骨)을 받들 듯 장례식 분위기의 엄숙한 표정으로 주고받는 것을 볼 수 있었습니다. 그런데 이 두툼한 논문집을 내는 비용은 은퇴교수가 아니고 그의 제자들로 구성된 아무개교수 은퇴준비 위원회에서 부담한답니다. 이런 것은 말할 것도 없이 제자들에게 금전적 부담을 주는 일, 적폐청산의 대상이지요. 참으로 웃지도 울지도 못할 코미디(comedy)입니다.

내 서재에는 책이 별로 없습니다. 전공서적은 은퇴가 가까워오는 녀석이 새 책을 살 이유가 어디 그리 많겠습니까. 그래도 읽을 만한 책은 내 연구를 도와준 몇몇 대학원 학생들에게 나누어 주었습니다. 한 페이지 읽는데 1시간 넘는 시간을 보내도 이해를 할까 말까하는 영어실력으로 새 책을 사서 서가에 꽂아 놓는다고 내 전공실력이 부쩍 늘어나겠습니까?

읽을 만한 책이 별로 없는 빈약한 도천서주. 그래도 30년 전인가 40년 전, 이 서재를 꾸밀 때는 내가 직접 소나무판목(板木)을 사서 톱으로 잘라 천정에 닿는 크기의 책꽂이를 만들었습니다. '陶泉書廚'(도천서주)라는 일중의 예서로 쓴 현판, 인사동 어느 화랑에서 사서 들고 온 서애(西厓) 유성룡의 '재거유회'(齋居有懷)와 안동 하회마을 병산서원을 판각한 홍성웅 화백의 작품이 걸려있는 나의 서재. 겉으로는 갖출 것은 다 갖춘 멋진 서실. 그러나 알고 보면 부실하기 짝이 없는 외화내빈에 지나지 않는 엉터리.

그러나 이 허약한 서실에 아내가 결혼 때 가져온 〈청구영언(靑丘永言)〉 옛날 판 한 권이 책꽂이 귀빈석을 차지하고 있었습니다. 소화(昭和) 몇 년에 출간된 책이니 초본이니 무슨 본이니 떠들 것까지는 못되고 소화 몇 년이면 일제치하에 있을 때 발간된 책이니 나에게는 보물이었습니다. 이제 〈청구영언〉과 함께 살날도 그리 많지 않을테니 책 주인을 우리 말고 다른 사람으로 바꿔줘야 한다고 생각했습니다.

아내와 며칠을 두고 의논한 끝에 지금까지 나의 산문집을 7권이나 출간해준 〈선우미디어〉의 사장 이선우에게 기증하기로 했습니다. 키우던 개가 새끼를 낳아 강아지를 사람들에게 나누어줄 때 강아지를 가져가는 사람이 강아지 양육에 정성을 다 할 후덕한 주인이 될 것인가를 추측해 볼 것이 아닙니까? 마찬가지로 내책을 기증받은 사람이라면 그 책에 대한 애착을 책을 현금 가치로만 생각하지 않을 사람이어야 되지 않겠습니까? 이 점에서 이선우는 최고점수를 받았기에 〈청구영언〉의 운명은 그와 연결이 되었습니다.

사람에게 명운(命運)이라는 것이 있듯이 서재같은 무생물에도 명운이 있나봅니다. 〈도천서주〉도 우리가 런던 온타리오에 살 때, 내 나이는 30대, 조교수, 부교수, 교수가 되려고 발버둥을 치던 시절, 새 책을 사오는 경우도 많고, 책을 뺐다 꽂았다하는 횟수도 많았습니다. 그때는 멀리서 손님이 오면 잠자리는 꼭 서재에 마련했습니다. 아침에 일어나서 책 향기에 묻혀 잠을 잘 잤다고 말하는 손님도 있었지요. 이제 서재를 들어가는 횟수도 눈에 띄게 줄었습니다.

책을 읽기보다는 자료로 쓰는 경우가 더 많아졌기 때문에 뽑혀서 밖에 나가있는 시간도 줄어들었습니다. 서재에 들어가는 발을 옮겨 놓으면 쓸쓸한 생각이 듭니다.

물유성쇠(物有盛衰)라는 말이 있습니다. 이 세상에 있는 모든 것은 흥망성쇠가 있다는 말입니다. 고려 때 최충이라는 사람이 지은 시조에도 이 말이 나옵니다.

내 인생에 가을이 온지는 오래고 이제는 내 서재에도 가을이 왔나봅니다.

(2019. 6.)

제4부

신전마을 사람들

뉴욕에 사는 고등학교 후배 K가 좋은 신간이라며 책을 한 권 보내왔습니다. 책을 지은 이는 우리가 잘 아는 철학자 도올 김용옥이고 제목은 ≪우린 너무 몰랐다≫. 2019년 1월에 나온 책입니다.

책 표지 뒷장에는 도올이 "나의 생애에서 진정한 국학의 출발을 알리는 횃불"이라 평했듯이 대한민국 사람들이 꼭 알아야 할, 그러나 알아서는 아니 될 것으로 저주당한 우리 역사의 실상을 담아내고 있다는 말이 적혀 있습니다.

나는 이전에 도올의 책을 몇 권 읽은 적이 있습니다. 그러나 그의 책을 읽고 나서도 뭣을 읽었는지 남는 것이 별로 없었다는 것을 고백합니다. 가령 ≪여자란 무엇인가?≫를 읽었을 때 저자가 말하는 핵심이 무엇인지에 대해서는 남는 것이 별로 없었습니다. 그는 주제와 별 관계가 없는 엉뚱한 얘기를 여기저기 너무 많이 흘리고 다니기 때문에 주제에 대해서 새로운 지식을 얻고자 하는 사람에게는 여간 큰 실망이 아니었겠습니까.

그런데 K가 이번에 보내온 책에는 도올 특유의 '딴전'은 많이 줄어들었고 책 주제가 오늘 날의 현실이 되기까지의 역사적 설명과 문제의 근원부터 살펴보는 것에 많은 노력을 기울인 것 같습니다.

이 책의 주안점은 제주 4·3사건과 내가 여수·순천 반란 사건으로 알고 있었던 여수순천 민주 항쟁 사건을 다룬 것이지요. 나는 제주 4·3사건은 제주도 빨갱이들이 죄 없는 민간인들을 죽창으로 마구 찔러 죽이는 만행을 저지르자 당시 당국에서 토벌대를 구성해서 보낸 것으로만 알고 있었습니다. 여수순천 반란 사건도 군인들이 난동을 부린 사건으로만 알고 있었으나 도올의 주장은 제주 4·3사건만 그런 게 아니라 수십 년을 두고 제주, 여수, 순천 사람들이 받은 학대와 차별대우, 학정과 민생고에 시달린 불만이 쌓이고 쌓여 폭발하고만 민중 항쟁이라는 것입니다. 이 모든 것을 이 승만이 빨갱이의 난동으로 몰아서 그렇게 꾸미고 선전한 것이지 좌익 세력이 주동이 된 것도, 혹은 군인들만이 난동을 부렸다는 것은 말도 안 된다는 것이 도올의 주장입니다.

저항 세력에 빨갱이들이나 좌익 사상을 가진 사람들이 일부 끼어 있었던 것은 사실이지요. 일부 민간인과 군인들이 토벌대의 공세가 더 심해지자 가까운 지리산으로 숨어들어가서 빨갱이가 되어버렸다는 것도 사실입니다. 그러나 그 주세력이 군인, 빨갱이들이었다는 것은 천부당만부당한 주장이라는 것입니다. 나는 도올의 주장에 공감을 많이 합니다.

책은 지루하다는 생각이 들 정도로 일화적(逸話的) 기술(記述)이 많았습니다. 그 중 내 기억에 강하게 남는 것은 여수순천 민중항쟁이 일어났던 다음 해, 즉 1949년 음력 8월 17일 밤 순천 신전 마을에서 일어난 것으로 알려진 비극입니다. 책에서 많은 부분을 인용했습니다.

　　(순천 낙안면) 신전마을은 본시 평화로운 넓은 논을 가진 32가구의 순결한 농촌 마을이었다. 그런데 어느 날 산 사람들이

14살짜리 연락병 노릇을 하던 소년을 데리고 왔다. 총상을 입었던 것이다. 총상을 입은 소년을 치료해 달라고 산 사람들이 부탁하는 것이다. 인심이 순후한 시골 사람들이 그것을 거절할 이유가 없다. …이들 동네 사람들은 그 아이를 성심껏 치료해 주고 먹여주고, 새 옷을 입혀주고, 따스한 솜이불에 재웠다. 이 아이는 곧 건강을 회복하고 명랑하게 동네 아이들과 놀게 되었다. 그런데 이것이 산통이었다. 고립된 농촌에서 자라나는 아이들은 당연히 갑작스레 나타난 아웃사이더가 달갑지 않은 것이다. 그래서 그들은 그 아이를 괴롭힌 모양이었다. 그러니까 이 아이가 화가 나서 "너희들 우리 무리들을 데려와서 가만두지 않겠다." 이때 이곳을 지나가던 면 서기가 이 말을 들은 것이 모든 비극의 발단이었다. "우리 무리들이라구?" 앞뒤를 생각하지 못하는 이 맹꽁이 같은 면 서기는 이 사실을 토벌대에게 신고했다. 토벌대는 즉각 이 소년을 체포하여 취조를 했다. 그리고 이 동네 사람 전원을 추석 달이 밝은 한 밤중에 한 가운데 있는 큰 집 마당에 집결시켰다. 그리고 그 소년에게 말했다. "이중에서 너에게 치료를 해주었거나 먹을 것을 준 사람을 모두 찾아내라 그렇지 않으면 너를 죽여버리겠다."

이 소년은 자기에게 그토록 친절하게 보살펴 준 사람들, 상처를 치료해 주고, 밥도 주고, 누룽지도 주고, 옷도 빨아 주고, 잠도 재워주던 마을 사람들을 가리켰습니다. 토벌대의 총구는 이들을 향해 탕 탕 불을 뿜고 말았습니다. 순식간에 22명의 생명, 3살 난 어린 아기부터 60세 할아버지까지 모두가 일순간에 싸늘한 시체가 되고 말았습니다. 온 마을 사람들이 빨갱이가 된 것이지요. 도올 말마따나 이들은 빨갱이기 때문에 죽은 것이 아니라 죽었기 때문에 빨갱이라는 영원한 딱지가 붙게 된 것이지요. 물론 살아남은 사람들에게는 연좌법이라는 천하 악법이 그들을 기다리고 있었지요.

이렇게 어린아이건 노인이건 마구 쏴 죽이는 토벌대라면 그 토벌대는 인간이라고 이름을 붙이기도 민망스러운 최악질의 인간이 아니겠습니까? 이 토벌대 중에서도 불교 신자도 있고, 천주교 신자도 있고, 개신교 신자들도 있었을 것인데 이들이 과연 무엇을 위해 불경, 성경을 읽고, 무엇을 위해서 기도를 하고, 방아쇠를 당기던 그 잔인한 손으로 헌금을 내는지 나는 너무나 놀랍고 믿기지를 않아서 한동안 할 말을 잃고 가만히 있었습니다.

신전마을 주민들을 학살한 토벌대가 왜 이렇게 잔인한 짓을 했을까요? 아무도 알 수 없지요. 우리 가슴 속에는 연락병 소년의 상처를 치료해주는 곱고 따스한 마음이 있는가 하면, 그의 상처를 치료해준 사람들에게 방아쇠를 당기는 악하고 모진 마음도 있습니다. 악하고 모진 마음이 곱고 부드러운 마음을 치고 올라온 것은 무슨 계기일까요? 우선 상부의 명령을 생각해 볼 수 있겠습니다. 명령을 내리는 지도자는 사람 마음이 따스한 쪽으로 내려야 합니다. 성군(聖君)으로 불리는 사람은 바로 이런 사람을 두고 하는 말이 아닙니까.

　도올은 그의 책 맨 끝 두 쪽을 남겨두고 당시의 대통령 이승만의 명령을 적어놨습니다.

　　모든 지도자 이하로 남녀 아동들까지도 일일이 조사해서 불순자는 다 제거하고 조직을 엄밀히 해서 반역적 사상이 만연되지 못하게 하여….

소위 한 나라의 지도자라는 사람이 이렇게 끔찍한 말, "남녀 아동들까지도" 조사해서 불순자를 다 제거해야 한다는 말을 거침없이 해 댈 수 있겠습니까? 신전마을 사람들을 학살한 토벌대는 한 가닥의 부끄러움을 느꼈으리라고 생각합니까? 내 생각으로는 그 반대이지 싶습니다. 그들은 "우리는 오늘 상부의 명령을 충실히 이행하였다." "빨갱이들이여 올 테면 와라. 우리가 그대들을 박살내 주리다."의 용기 충전, 의기양양한 꼴이었지 않겠습니까.

이런 대통령을 우리는 왜 좀 더 일찍이 하와이로 보내 버리지 못 했던가 나는 역사를 한탄할 뿐입니다.

(2019. 9.)

표어

나는 직업이 백묵을 쥐는 선생이다보니 학교에서 일어나는 일에는 자연 관심이 많습니다. 다 마찬가지로 경험했지만은 나는 6년이라는 세월을 중학교, 고등학교에서 일요일 빼고는 하루 여섯 시간을 보낸 셈입니다. 시간 계산을 해보니 어림잡아 6480시간이 되더군요.

얼마 전 한국 뉴스를 보는데 어느 문제가 된 고등학교가 화면에 뜨면서 그 학교 교무실에 교훈(校訓)이 걸려 있는 것을 보았습니다. '책임감이 있는 사람이 되자!' '자부심을 느끼는 사람이 되자.' '남을 존경하는 사람이 되자.' 이 세 가지를 큰 사진틀에 넣어서 교무실 앞에 걸어놓은 풍경이었습니다.

내가 다니던 중학교의 교훈이 있었는지 없었는지 나는 기억하지 못합니다. 그러나 고등학교 교훈, 즉 자율, 협동, 강건은 기억하고 있습니다. 어느 것 하나 어른들의 말이지 청소년들의 말은 아니었습니다. 옴짝달싹 못 하게 하고 선택이라고는 이름밖에 없는 환경에서 교훈은 버젓하게 자율이라 포장해 놨으니 이런 모순이 어디 있겠습니까. 뺨을 이리저리 때리면서 웃어보라던 벌(罰)이 생각납니다.

우리 주위에는 교훈이나 사훈(社訓) 같은 표어가 너무 많은 게 탈입니다. '자나 깨나 불조심, 꺼진 불도 다시 보자.'로 시작해서 '전기를 아껴 쓰자.' '채식을 많이 하자.' '빨갱이 고발하여 상금 타서 잘 살아보세.' 갖은 악질적인 충고가 쏟아져 나오니 참 어리둥절할 뿐입니다. 길거리에 나붙은 표어를 보고 "아 참 나도 저 표어가 던지는 말 같이 살아야겠구나." 하고 그대로 행동하려는 사람이 몇이나 되겠습니까.

교훈이란 아예 없는 것이 제일 좋지만 있을 바에는 '개인화'되지 않으면 별 의미가 없다고 생각합니다. 위에서 훈계 몇 마디가 내려왔다고 문제가 해결되는 것은 아닙니다. 남의 물건 훔치지 말라는 표어가 있다고 도둑이 이 세상에서 사라지는 것은 아니지 않습니까. 몇몇 윗사람들이 의논해서 내려보낸 것은 별 의미가 없습니다. 아무리 나이 어린 고등학생이라 해도 어떤 일을 할 때는 그들이 참여할 기회가 없으면 그 일에 대한 의욕이나 일의 성과가 절반으로 줄어드는 법입니다.

고등학교 몇 학년 때였는지 모르겠으나 학급명을 학생들이 정해보라는 담임 선생님의 지시가 있었습니다. 반 아이들은 좋아라 흥분해서 '아리랑' '백양'이니 하는 담뱃갑 이름부터 '양지' '바닷가' '만나리' 같은 다방 이름이 나오더니 나중에는 '초원의 빛' '황야의 무법자' 같은 얼토당토 않는 영화 제목까지 등장했습니다. 담임선생은 "결과가 매우 실망스럽다, 기껏해야 담배 갑, 다방 이름이냐."며 웃으며 교실 밖으로 나가시던 것이 생각납니다. 똑 떨어진 결과는 없었지만 우리는 급훈을 정하는 동안 웃고 킬킬거리며 재미를 톡톡히 보았습니다. 아이들은 하나같이 웃고 흥분되어 있었습니다.

급훈 하나 정하는 데 이렇게 의견이 많은데 하물며 교훈이야. 나는 캐나다 온 지가 50년이 넘었고 그동안 캐나다

초등학교 교실에 수십 번을 들어가 보았지마는 교실에 어떻게 생각하자든가 어떻게 놀자 같은 표어를 본 기억은 없는 것 같습니다.

한국 같은 집단주의 사회에서는 표어니 교훈이니 사훈(社訓) 따위가 유난히 더 많이 유행하나 봅니다. 집단주의 사회에서는 단원 간의 화합이 무엇보다도 중요하게 생각되므로 교훈이나 사훈 같은 것을 통하여 단원들을 그 집단 속으로 들어오게 하자는 것이지요. 이때 표어나 교훈은 그 통제력을 마련하는 수단이 되는 것이지요. 광고를 공부하는 사람들의 말을 들어보면 집단주의 사회의 광고는 "상류사회의 회원이 되어보지 않으시렵니까?" 하는 우리와 같이 살자고 잡아끄는 것들이 많다고 합니다.

표어나 교훈 따위가 이 세상에서 자취를 감추는 날이 빨리 왔으면 좋겠습니다. 표어가 있다고 해서 사람들이 그 표어에 맞는 행동을 한다는 자료는 없습니다. 예로, 종교기관에서 정직, 정직 타령을 해도 정직성을 연구한 사람들은 종교를 가진 사람과 가지지 않은 사람 간의 정직성에는 아무런 차이가 없다는 것을 오래 전부터 지금까지 보고해왔습니다.

표어나 교훈 따위가 이 세상에서 자취를 감추는 날에는 우리는 어떻게 행동해야 하느냐에 대한 지표를 잃고 이리저리 헤맬 것 같아 걱정이 되겠지요. 그러나 우리에게는 누가 간섭하지 않고 가만히 내버려 두면 올바른 길로 찾아가는 자정(自淨) 능력이 있습니다. 어린아이가 걸음마를 시작할 때를 보십시오, 일어서려다가는 넘어지고 발을 떼려다가는 엉덩방아를 찧는 과정을 수없이, 되풀이 하다가 결국에는 일어서서 혼자 힘으로 걸어가게 되는 것과 마찬가지입니다.

(2019. 8.)

좋은 나라

   나는 캐나다가 퍽 좋은 나라라고 생각합니다. 좋다 나쁘다는 것은 어떤 객관적인 기준을 갖다대볼 수도 있겠지마는 여기서는 내가 누구에게 간섭받지 않고 자유롭게 살아갈 수 있는 나라를 말하는 것입니다. 퍽 주관적인 정의(定義)이지요.

   나는 캐나다에 와서 산 지가 올해로 꼭 47년이 됩니다. 살면 살수록 "이 나라에 사는 것이 큰 축복이구나."라는 생각이 들곤 합니다. 1966년 9월에 브리디시 콜롬비아대학교에서 전액장학금을 약속받고 밴쿠버 공항에 내렸습니다. 호주머니의 가장 비밀스런 곳에 숨겨둔 미화 60불이 나의 전재산이었습니다. 여비는 한미재단(Asian-American Foundation)

이라는 데서 "공부를 마치면 현직에 돌아온다."는 서약서에 도장을 찍고 나서야 비행기를 탈 수 있었습니다.

그런데 내가 공부를 끝내고 여권을 연장하러 영사관에 갔더니 내가 군대를 마치지 않았다는 이유로 한국에 돌아가면 "군 복무를 하라는 요청이 있으면 즉시 응해야 한다."는 서약에 도장을 찍으라 하더군요. 나는 도장을 찍기를 거부했습니다. 그리고는 어디라도 손에 잡히는 대로 얻은 직장이 넬슨이라는 도시에 있던 작은 대학이었습니다. 내가 한국에 있을 때 군대를 안 간 것은 군대 가기 싫어서 안 간 것이 아닙니다. 그 반대로 군대에 가려고 갖은 애를 다 써도 되질 않았습니다. 그렇다고 병역미필이라고 유학도 허락 않고 뛰도 걷도 못하게 하는 정부를 내가 어떻게 합니까? 또 한국을 떠날 때 신원조회에 걸려서 S대학교에서 독문학을 전공하고 당시 박정희의 처 육영수 여사의 독일어 가정교사로 청와대 경호실에 근무하던 아내 친구의 힘을 빌려 겨우 빠져나왔습니다.

그 당시는 한국 정부에서 "이 녀석 손 좀 봐야겠다." 하면 끌려가서 싸늘한 시체로 돌아올 수도 있었던 무서운 박정희

군사 독재 시절이었습니다.

이 캐나다에 사는 사람들은 잘못한 것이 없는 한 나라에서 "이러한 생각을 해서는 안 된다." "이런 책은 읽어서는 안 된다."는 등의 간섭을 일체 하지 않습니다. 자기가 생각하는 것은 말 할 수 있고, 읽고 싶은 책은 읽을 수가 있으며 잘못을 저지르지 않는 한 잡혀갈까 걱정을 하지 않아도 됩니다. 억울한 일을 당했을 때는 대법원까지 갈 수도 있습니다. 이 나라의 대법원은 좀처럼 외부로부터의 압력이나 지시에 따르지 아니하고 독립적인 판결을 내립니다. 한국에서도 물론 대법원까지 올라갈 수 있기는 있습니다. 그러나 이 대법원은 독립된 판결을 내리는 기관이 못 됩니다.

내가 한국에 학생으로 있을 당시의 군사정권은 아무 죄가 없는데도 정부를 비판하는 말 한 마디만 해도 잡혀가는 경우가 이루 다 말할 수 없이 많았습니다. 북한을 칭찬하는 말 한마디 했다는 이유로 잡혀가서 죽도록 매를 맞고 병신이 되어 돌아옵니다. 예를 하나 들어볼까요. 북한에서는 우리 한글을 지키는 데 남다른 관심을 쏟고, 다른 나라 말이 북한에 들어올 때는 많은 경우 북한에 살고 있는 사람들이 알아들을 수 있는 말로 손질을 한 후에 들여옵니다. 이것은 우리말이 외국어와 마구 뒤섞여 붙어 우리말이 극히 오염되고 있는 남한과는 분명히 다릅니다. 북한은 말 정책을 이렇게 하는데 우리도 북한의 본을 받아야 한다는 말만 해도 북한을 찬양했다는 죄로 잡아갑니다. 자기의 의사표시를 누르는 나라, 자기의 의사표시도 아니고 그런 의사를 밖으로 내는 사람이 자기와 잘 아는 사이라고 잡아가는 나라, 이 모든 것이 심하면 이것도 20세기의 학정(虐政)이 아니겠습니까?

중국 유교 경전 중의 하나인 예기(禮記)에 나오는 이야기입니다. 손종섭의 ≪옛 시정을 더듬어≫에 실린 것을 여기 다시 인용합니다. 공자가 하루는 산길을 가다가 어떤 여인이 무덤 앞에서 하도 서럽게 울고 있기에 무슨 곡절이 있을 것 같아 같이 가던 제자에게 그 까닭을 물어보라고 하였습니다. 여인의 대답은 다음과 같았습니다. 몇 년 전에 시아버지가 호랑이에게 죽고, 얼마 안 있어 남편이 호랑이에게 죽고, 이번에는 자식이 호랑이에게 죽음을 당했다는 것입니다. 그럼 왜 호랑이가 없는 곳에 가서 가 살면 되지 않겠느냐고 했더니 "그래도 여기는 학정이 없지 않느냐"는 대답이었다고 합니다. 공자가 탄식하여 가로되 "가혹한 정치가 호랑이 보다 더 무섭구나(苛政猛於虎)."하였답니다.

옛날에는 학정이 백성들의 기본 생존을 위협, 다시 말하면 굶어죽을 정도로 양식을 빼앗아가고 세금으로 백성을 말려 죽이는 것이었지만, 먹고 사는 기본 욕구에 대한 걱정이 줄어든 오늘 날의 학정은 개인의 자유를 억누르는 정부의 간섭이라고 해야겠습니다. 자유를 누리며 살려는 국민의 힘은 지층 밑에서 끓고 있는 용암과 같다고 할 수 있습니다. 겉으로는 위태로워 보여도 가만히 놔두면 바른 길을 찾아가는 천성(天性)이 있기 때문에 나라에서 지나친 억제와 간섭을 하지 않는 캐나다 같은 나라가 좋은 나라라고 생각됩니다.

(2019. 8.)

벼슬 유감(有感)

　우리 집은 대대로 남인 계열의 집안이다 보니 과거(科擧)는 언제나 강 건너 불꽃놀이에 지나지 않았다. 음보(蔭補)를 생각해 볼 수도 있었겠으나 음보 자리를 부탁할 배경도 없었던 모양이다. 이런 전통이 오래 내려오다 보니 옛날 중국 동진 때 중앙정부의 고등관리가 지방에 왔을 때 옷을 차려입고 나가서 인사드리기를 거부하며 "내가 어찌 쌀 다섯 말 때문에 그에게 허리를 굽힐소냐"며 사표를 집어던진 도연명의 기개를 존숭할 수밖에 없었다. 그러나 요새는 남인도 없고 북인도 없는 세상. 실력과 관심만 있다면 벼슬자리에 대한 야망도 키워볼 수 있는 세상이다.

　나는 벼슬은 권력이란 말과 같은 뜻으로 쓸 정도로 가까운 말로 본다. 대부분 사람들은 권력이란 말에 고개를 절레절레 흔들며 싫어한다고 말한다. 천만에. 겉으로 말은 그렇게 하지마는 속으로는 은근히 벼슬을 탐내고 부러워하는 사람들이 많다는 것을 대번에 알 수 있는 것을─. 간혹 높은 벼슬아치가 하나 있는 집 안 사람들이 그 벼슬아치에 대해 침이 마르도록 끝없이 이야기를 늘어놓는 것을 보라. 다 그렇다는 말은 아니지만, 벼슬은 더럽고 지저분한 것이라고 고개를 가로젓던 사람들 중에는 그것을 은근히 탐내고 부러워하는 마음이 역력하다는 것을 볼 수 있는 때가 너무나 많다.

요새는 벼슬 중에 가장 얻기가 쉽고도 어려운 것이 국회의원이라고 생각한다. 이 국회의원은 전통적인 벼슬아치들과는 차이가 있으나 권력을 거머쥔 사람으로 행세한다는 점에서는 벼슬아치들과 같다고 할 수 있다. 국회의원 중에는 백묵을 쥐던 서생, 교수 판검사, 신문기자, 영화배우, 깡패, 지방건달, 돈을 억수로 번 재벌 등 모두가 권력과 명예에 대한 갈증과 그리움을 이기지 못하여 뛰쳐나온 사람들이다.

조선시대 벼슬아치 대부분은 성리학 경전을 공부하여 과

거에 급제한 사람들이니 당시의 시대 상황을 감안하면 요새 관리나 벼슬아치들과는 상대가 되질 않는다.

　요새 정치를 하는 사람, 특히 국회의원들은 국민의 투표로 뽑힌 사람들. 선량(選良)들이라는 자부심만큼은 대단하다. 그들의 권력을 행사할 국민들에 의해서 선거로 뽑혔으니 오죽 자랑스럽고 가슴 뿌듯하겠는가.

　요새 정치인들이 조선시대의 고등관리들 보다 절대적으로 우세한 면이 있다면 그것은 곧 다른 민족, 다른 문화에 대한 이해일 것이다. 나라 안의 일만 잘 처리한다면 정치가로서의 자질이 충분하다고 생각되었던 옛날에 비해서 요사이 정치가는 나라 밖의 일, 그러니까 다른 나라, 다른 문화에 대한 관심과 이해도 깊어야 한다.

　조선 시대의 정치인들은 누가 누구의 손자가 되고 누가 누구의 사돈이 되는가 하는 혈연관계나 인맥에 대한 지식, 소위 보학(譜學)에 밝아야 한다. 그러나 현대 정치인은 보학보다는 정보 수집과 그 수립된 정보의 판독과 전파에 뛰어난 이해가 있어야 한다. 주군(主君)에 대한 충성심과 의리만 돈독하면 그만이던 시대는 끝난 지 오래다. 오늘과 같은 복잡한 사회에서는 날카로운 판단력으로 올바른 결정이라고 믿는 것을 과감하게 밀고 나갈 추진력과 그 결정이 미칠 파장을 생각해 볼 능력이 있어야 한다.

요새 정치인들은 당에 대한 피 끓는 사랑과 충성심 하나로만 되는 게 아니다, 그렇다고 아는 게 많은 석학이라고 되는 것도 아니다. 국민들과 소통을 잘 할 수 있어야 한다. 특히 자기 자신을 내보일 때 카멜레온(Chameleon)처럼 이렇게도 보일 수 있고 저렇게도 보일 수 있는, 다시 말하면 환경에 따라 자기 제시(self-presentation)를 다르게 할 수 있는 능력이 있어야 한다. 예로, 미국 대통령 카터(J. Carter)가 대통령 후보 시절에 어느 방송기자와 인터뷰에서 "나 같은 땅콩 장수가…" 하고 말하는 것을 들은 적이 있다. 말이 땅콩 장수이지 그는 땅콩 몇 푸대 싣고 소매상을 돌아다니는 장사꾼이 아니다. 카터를 땅콩 장수라고 한다면 디트로이트의 자동차 왕이라 불리는 포드(H. Ford)는 자동차 정비공, 한국 서울의 이병철은 "설탕 장수"라고 해야 하지 않을까. 이처럼 정치가란 사람들 앞에 자기 제시를 융통성 있게 할 줄 알아야 한다.

인간들이 이 지구상에 무리를 지어 살고 있는 한 권력을 손에 쥐려고 부지런히 좇아다니는 사람들이 있는가 하면, 애써 그것에 고개를 돌리는 사람도 있을 것이다. 권력을 잡아보려고 평생을 뛰어다니던 사람도, 권력을 뜬 구름 보듯 하던 사람도 이 세상을 하직할 날이 가까워 오면서 권력이니 벼슬이니 뭐니 하는 것이 모두 허무한 것이라는 것을 느끼게 될 것이다. 허무한 것이 어찌 권력과 명예뿐이랴. 사람이 산다는 삶 그 자체가 허무하다는 생각이 뼛속까지 스며드는데ㅡ.

(2019. 5.)

저항

풀이나 나무에 상처가 나면 즙(汁)이나 진(津)이 나온다. 민들레나 봄, 여름이면 쌈을 싸먹는 쑥갓이나 상추를 따면 하얀색의 이눌린이, 소나무나 복숭아를 자르면 터펜스 라는 물질이 들어있는 진을 낸다. 사람도 상처를 입으면 피가 나와 굳어져서 딱지가 앉아 병원균의 침입을 막는 것처럼 식물의 즙이나 진도 이와 같은 역할을 한다. 마늘이나 양파, 부추, 달래와 같은 식물은 껍질을 벗기면 강한 자극성 냄새를 풍긴다. 외부로부터 공격을 받는 순간 세포 안에 있던 알리신이라는 휘발성 물질을 밖으로 뿜어낸다. 들깨나 더덕도 자극이 없을 때는 사람들이 느낄 만큼 강한 향기를 풍기지 않는다.

여기까지는 내 얘기가 아니고 강원대학교 교수 권오길의

말이다. 그를 따르면 정도의 차이는 있지만 어느 식물이나 외부 침입에 대비하는 반응을 보인다고 한다. 마늘 냄새가 강한 냄새를 수반하고 고추가 매운 물질을 뿜는 것도 자기 자신을 보호하기 위한 방어물질 때문이라는 것이다.

권오길을 따르면 삼라만상 중에 싸우지 않는 것이 없다. 흙 속의 미생물이나 곰팡이는 스트레프토 마이신 페니실린이라는 항생물질을 만들어 다른 생물체의 침공을 막는다고 한다. 고소한 흙냄새는 방선균과 같은 세균들이 토양 중의 유기물을 분해할 때 생긴다. 모래와 같은 매마른 사람에게서 사람 향기가 나지 않는 것과 비슷한 현상이다.

내 생각으로는 사람에게는 다분히 의도적이고 여러 가지 형태로 나타나는 자기 방어 기제가 있다고 생각한다. 가장 쉽게 찾아 볼 수 있는 현상이 자기의 자유를 구속당할 위험이 있을 때 나타나는 저항 내지 반항이다. 인간뿐 아니라 살아 움직이는 모든 생물에 공통적으로 나타나는 현상으로 자기의 자유를 구속하려는 외부의 힘이 느껴질 때는 반사적으로 이에 저항함으로써 자기의 자유를 되찾으려는 노력을 한다는 것이다. 풀과 나무에 상처가 나면 즙과 진이 나오는 원리와 비슷하다. 금주(禁酒)를 선전하는 광고문이 "술은 사람에게 해롭다는 주장이 있습니다. 잘 생각해 보시고 될 수 있는 대로 술은 마시지 않는 것이 좋을 듯합니다." 같은 부드럽고 약한 권고가 "술은 절대로 입에 대면 안 됩니다. 술은 마시면 엄청 해롭다는 증거가 수많은 연구에서 나왔습니다." 하는 강한 광고문 보다 더 금주(禁酒)에 효과적이라는 보고도 있다. 강한 명령형 권고는 저항을 불러일으키기 때문이다.

자기의 자유를 잃어버릴 위험이 있을 때는 거의 무의식적으로 자유를 확보하려는 저항행동의 원리는 심리치료에 써먹기도 한다. 예로, 불안을 호소해오는 환자를 가정해 보자. 이 환자에 따르면 아무리 불안을 쫓아버리려고 해도 자기의 의지와는 상관없이 저절로 생기는 현상으로 믿고 있다는 것이다. 요컨대 불안을 느끼고, 느끼지 않는 자기 마음은 자기 마음대로 컨트롤(control) 할 수 있는 게 아니기 때문에 불안을 없앨 수 없다는 것. 이 자기의사로 자기감정을 컨트롤 할 수 없다는 생각을 없애기 위해서 치료자는 환자에게 앞으로는 더 불안을 느껴보라는 지시를 준다. 불안을 줄이기 위해 찾아온 환자에게 그 반대되는 행동, 즉 불안을 올리라는 지시를 하니 환자는 어리둥절할 수밖에 없을 것이다, 그러니 즉석에서 저항을 나타내는 행동을 하는 환자가 많다. "내가 그렇게 어리석은 바보는 아닙니다." 등의 자기도 긍정적인 힘이 있음을 내보이며 치료자의 지시를 거역할 것이다, 자기 마음대로 컨트롤 할 수 없다고 믿고 있던 불안이란 감정도 자기 의사로 컨트롤 할 수 있다는 사실을 환자스스로 깨닫게 되는 것이다.

어른들이 이야기를 나누고 있는데 어린 정식이가 노래를 불러 어른들에게 방해가 된다 해보자. 보통 "정식이 이제 노래 그만 해라."는 지시 대신에 "정식이 여기 와서 크게 노래 한 번 해봐." 하면 정식이는 노래를 부르지 않을 것이다. "노래 한 번 불러보라"는 외부 지시에 저항해서 자기의 자유를 확보하려는 행동을 내보이기 때문이다. 그러니 어른이 하라면 하지 않고 저항하는 것이 어린이들의 너무나 정상적인 행동. 이런 치료적인 방법을 '역설적 기법'이라고 한다. 치료를 받으러 오는 사람들에게서 흔히 찾아볼 수 있는 특징의 하나, 즉 자기 힘으로는 자기를 컨트롤 할 수 없다고 (잘못) 믿고 있는 것을 컨트롤 할 수 있다고 믿도록 바꾸는 것이다.

물론 인간은 정당한 합법적인 권위에서 나온 힘은 자유가 위협당하는 경우라도 저항이 아닌 복종의 길을 택하는 경우가 많다. 정부가 세금을 내라는 지시, 부모가 자녀들에게 자기 방을 청소하라는 지시, 학교에서 선생님이, 병원에서는 의사가 내리는 지시 같은 것은 별 저항 없이 따른다. 이렇게 복종하는 경우는 그 지시가 내려온 권위에 물질적으로나 정신적으로나 혜택을 받는 경우면 더 자주 복종의 길을 택한다.

말을 잘 듣는 아이는 복종을 잘 한다는 의미이고 걸핏하면 저항을 하는 아이는 반항아로 생각해볼 수 있겠다. 어릴 때 어느 정도의 저항이나 반항은 너무나 정상적인 행동이다. 그러나 둘 다 정도가 지나치면 위험이 따르기 마련이다. 저항을 잘 하던 아이는 커서 반항하는 성인이 될 위험이 있고, 부모 말 잘 듣던 순종적인 아이는 커서 수동—공격(passive aggressive) 어른으로 될 위험이 있기 때문이다. 부모는 반항하는 자녀들의 행동을 걱정하지, 복종하는 자녀들의 행동을 걱정하는 경우는 드물다. 그러나 지나치게 반항만 하는 자녀건, 복종만 하는 자녀건 이들이 안고 있는 심리적 갈등의 무게는 같을 것이다.

인생살이에는 정해진 길, 소위 모범답안이라는 게 있는 경우가 드물다. 많은 부모들은 그들의 자녀를 위해서 옳은 길을 찾는 데 옳은 길, 가야 할 길이란 애당초 존재하지 않는다.

(2019. 4.)

불신의 장(場)

내가 대학교 4학년 때 박정희 소장이 쿠데타를 일으켜 당시 집권당이던 장면정부를 무력으로 해산시켰다. 기억은 희미해져가지만 그때 ≪사상계≫에서 장준하의 "이제 무엇을 말하랴"의 여덟 글자가 전부인 사설을 인상 깊게 읽었던 생각이 난다. 이 사설을 읽은 후 58년의 세월이 흐른 2019년 이른 봄, 캐나다 토론토에서 이 말이 나도 모르게 내입 밖으로 튀어나오는 경우를 당했다. 그 자초지종을 얘기한다.

지금도 캐나다에 이런 '놀이'를 하고 있는 학교가 있는지는 모르겠으나 한 30년 전 어느 봄날, 런던 온타리오 시내 어느 초등학교에 들렀다가 그 학교 운동장에서 우연히 다음과 같은 장면을 본 일이 있다. 즉 학생들이 짝을 지어 한

학생을 두 눈을 가려 앞을 못 보는 '맹인'이 되고 남은 학생은 그 맹인의 길잡이가 되어 학교 구석구석을 돌아다니는 놀이장면이었다. 그 다음에는 역할을 서로 바꾸어 길잡이가 맹인이 되고 맹인은 길잡이가 되는 그런 놀이.

지도교사의 말로는 서로의 신뢰를 기르기 위한 게임이라는 것. 눈을 가린 맹인이 한 발짝이라도 옮겨놓기 위해서는 길잡이에게 자기 자신을 통째로 맡겨야 하는 것, 이렇게 하자면 상대방을 완전히 믿고 신뢰하지 않으면 안된다는 원리라 한다. 맹인 – 길잡이 역할을 서로 바꿔봄으로써 서로가 믿고 신뢰하는 마음을 체험해본다는 것이다.

신뢰란 무엇인가? 신뢰란 서로 믿고 의지하는 것이다. 의심하지 않고 꼭 그렇다고 여기는 것이 믿음이다. "믿는 도끼에 발등 찍힌다"는 말은 철석같이 믿었던 사람으로부터 배신을 당하여 해를 입었을 때를 말한다. A가 B를 신뢰할 수 있을 때는 B가 A를 항상 지지해주고 우호적이며, 정적(正的) 강화를 제공한다고 예언할 수 있을 때에 생기는 마음상태를 말한다. 이렇게 보면 믿음은 사랑의 전조(前兆)가 된다.

믿음이란 개인 간의 일, 즉 너와 나에 한정된 것만은 아니다. 너와 나를 에워싼 사회조직이나 단체 등 어떤 명사에도 갖다 붙일 수 있는 말이다. 우리가 가게에서 물건을 살 때 계산기를 두드리는 점원을 믿기 때문에 물건 값을 옳게 찍었는지 꼼꼼히 살펴보질 않고 가게 문을 나온다. 회계사를 믿기 때문에 해마다 내는 세금보고를 그에게 위임한다. 그러니 내 주위의 조직이나 단체, 기관과 접촉한 것이 믿음을 확인하는 과정, 곧 사회생활이라 볼 수 있다.

　그런데 나 이외의 다른 사람이나 사회조직을 전혀 믿지 못하고 의심하는 사람들이 더러 있다. 남 얘기는 그만두고 나 자신도 그럴 때가 생각 외로 많다는 것을 고백한다.

　이렇게 남을 믿지 못하는 사람들은 왜 그럴까? 확실히는 모른다는 말이 제일 정직한 대답인 것 같다. 에릭슨(Erikson) 이라는 프로이트 정신분석학을 이어받은 사람의 말로는 사람이 태어나서 신생아일 때 그를 일차적으로 보살피던 사람이 얼마나 규칙적으로, 감정이나 분위기가 친근하고 포근하게 돌봐주느냐에 따라 이 신생아가 평생 동안 지니게 될 세상에 대한 믿음의 기초가 결정된다고 한다. 예로, 신생아를 돌보는 사람이 규칙적으로, 따스한 분위기 속에서 돌본다면 이 아이는 "이세상은 예측할 수 있는 세상, 살맛나는 세상이구나." 하는 믿음을 갖게 되지만, 그 반대로 돌보는 이가 불규칙하게 이랬다저랬다, 차가운 분위기 속에서 신생아를 돌본다면 "이놈의 세상, 믿을 게 못 되는구나."는 불신의 버릇을 가지게 된다는 것이다. 그럴듯하게 들리는 말이다.

그러나 유아기 때 겪은 경험이 평생 동안 지닐 성격을 결정한다는 주장에는 많은 심리학자들은 고개를 가로젓는다. 성격이란 태어나면서부터 유아기 – 아동기 – 청년기를 거치면서 겪는 대인관계의 질(質) 여부로 차차 형성되는 것이지 에릭슨의 주장처럼 영아기 짧은 시절의 경험이 평생성격을 결정하는 것은 아니라는 것.

지난 이른 봄, 토론토 한인회장 선거 때 나는 우리 교민들이 서로를 얼마나 믿지 못하느냐를 보여주는 불신의 현장(現場)을 내 눈으로 보았다. 이야기는 이렇다. 한인회장 선거 날, 투표를 하러갔더니 투표를 하자면 투표하는 사람의 주소와 사진이 붙은 증명서 2개를 내놔야 한다는 것이다. 사진에 붙은 증명서 하나도 아닌 두 개를 내놓으란 말이다.

이걸 보면 교민들이 같은 동포라 해도 못 믿겠다는 것을 알 수 있다.

나는 517년 조선왕조는 양반계급과 벼슬아치들이 백성들의 피를 빨아먹고 살았지 백성들을 살게끔 도와준 왕조는 아니라고 본다. 고을의 수령 3년만 살면 평생 먹고 살 재산을 모을수 있다는 세상, 백성들의 재물을 약탈하지 않고서야 어찌 이것이 가능한 일인가. 양반계급과 벼슬아치들에게는 풀뿌리 백성은 착취의 대상이었지 그들을 돌보면서 함께 살아가는 사람들은 아니었다. 이런 풍토에서 몇 백 년을 살아온 백성들이 어찌 남과 사회에 대한 믿음을 가질 수 있겠는가. 그것은 마치 보호자에게서 따뜻한 대접 한번 받아보질 못하고 의심증 많은 어른으로 자란 에릭슨의 신생아와 같다.

오늘도 교회에서는 믿음, 소망, 사랑을 찬미하는 노래 소리가 이른 봄 하늘로 울려 퍼지고 대자대비를 설법하는 스님의 목소리는 법당을 울린다. 그러나 투표장을 나서서 집으로 돌아오는 나에게는 모든 것이 허망한 것으로밖에 보이지 않는다. 절반이 넘는 토론토 한인교민들이 종교를 가졌다는 한인 사회, 위에서 내리누르는 그 어떤 압력이나 학정이라고는 없는 사회, 우리끼리 오순도순 살아보자는 이 조그마한 사회가 이 꼴이다.

지금부터 58년 전, ≪사상계≫에서 장준하 선생이 피곤한 펜을 들어 쓴 사설이 생각난다. "이제 무엇을 말하랴."

(2019. 3.)

연산군

엉뚱한 질문을 하나 던져보겠습니다. 27명의 조선 임금 중에 누가 자신이 가장 억울한 임금이라고 생각할까요? 억울한 임금이라면 아무 죄 없이 죄인이나 폭군으로 몰려 자리에서 쫓겨난 임금을 가리키는 게 아니겠습니까. 로마의 네로황제도 옛날에는 폭군으로 불렸으나 피니(M. Fini)를 위시한 몇몇 진보역사학자들이 폭군으로 불러야할 행적이 없다는 끈질긴 주장으로 앞에 이제는 폭군이란 말은 없어지고 그냥 네로로 부른다는 것처럼, 조선에도 폭군 연산이라 했으나 그를 폭군으로 부를 정도의 행적은 남기지 않았다는 것을 주장하는 몇몇 역사학자들이 애쓴 결과 이제는 폭군 연산군이 아니고 그냥 연산군으로 부르는 사람도 있다고 합니다.

　나는 역사학을 전공한 사람은 아닙니다. 그러나 내깐에
는 조선역사, 특히 조선 초기와 중기역사는 부지런히 읽었
다고 생각합니다. 몇 주 전에 신동준이 쓴 ≪연산군을 위한
변명≫이라는 책을 정말 감명 깊게 읽었습니다. 역사학을
전공한 사람도 아닌 신동준은 날카롭고 논리적이고 사실위
주의 유려한 필치로, 마치 역사학자 피니가 네로는 정치적
음모의 희생양이었음을 주장하듯, 480쪽이나 되는 책에 조
목조목 자기의 주장을 뒷받침하는 역사적 '증거물'을 내놓
았습니다. 나는 이 책에 무한한 감동을 받아 이글을 쓰게
되었음을 고백합니다.

　내 개인적인 아집에 불과하지만 조선임금 27명중에 임금
다운 임금은 제4대 세종과 제22대 정조뿐이라고 생각합니
다. 그 나머지 임금들, 이를테면 선조나 인조, 효종, 숙종이
나 영조 같은 임금들은 애민정책이나 임금다운 줏대나 비전
이 있는 사람들은 못되고 '그저 그렇고 그런' 유의 임금에
지나지 않는 사람들이라는 생각밖에 들지 않았습니다. 여
러 임금 중에 선조는 가장 낮은 점수가 마땅한 어리석은 군

주의 하나였습니다만 물론 내 의견과는 다른 생각을 하는 사람들도 많겠지만요ㅡ.

억울하게 임금 자리에서 쫓겨난 임금을 꼽아보라면 물론 세상 사람들이 다 아는 6대 단종, 10대 연산군, 15대 광해군 이 셋을 꼽을 것입니다. 이들 세 임금 중에 누가 제일 억울한가, 혹은 누가 제일 원통할까를 결정하려드는 것은 실로 부질없는 짓. 그래서 나는 오늘 연산군에 대한 이야기를 할까합니다. 신동준의 《연산군을 위한 변명》 뒤를 꽹과리 치며 따라가는 지지행렬이란 말이지요.

연산군은 성종의 아들입니다. 광해군이나 태종, 세조, 성종, 중종같이 임금 자리에 오르기 전에 어지간히 말들이 많았던 것과는 달리, 연산군이 임금 자리에 오를 때는 아무 말썽이 없었던 사람이지요. 연산군은 치적 면에서 그다지 큰 실정(失政)을 한 임금이 아닙니다. 그는 임금으로 있을 때 신권(臣權)을 누르고 왕권(王權)을 늘리는 일에 주력하였습니다. 연산군은 그의 재위 중 두 번이나 사화를 일으켰다는 과오가 그를 폭군으로 모는 계기가 됩니다. 제일 처음 일어난 무오사화란 진보세력의 우두머리 점필제 김종직을 위시하여 일두 정여창, 한훤당 김굉필 같은 젊은 선비들이 세조의 왕위를 부정하는 태도가 빈번하니 이를 그대로 뒀다가는 왕권 자체가 위협받을 수 있다고 생각한 연산군이 그들에게 철퇴를 내린 것입니다. 그러니 무오사화는 연산군 편에서 보면 어디까지나 자기 방어였다고 볼 수 있지요. 좀 더 자세히 말하면 개국공신파 자녀들과는 달리, 제 실력으로 과거를 통해 벼슬길에 나선 진보세력들은 조카단종을 몰아내고 그 자리에 자기가 앉은 세조의 찬탈을 곱게 볼 리가 없었습니다. 김종직이 이를 못마땅하게 여겨 항우에 죽임을 당한 회왕에 비유하여 임금 자리를 빼앗은 세조의 행위를 비웃는 것을 조선 왕조의 정통성을 부정하는 것과 마찬가지라는 것으로 본 것입니다. 연산군 자신도 세조의 증손자, 그러니 세조의 왕위 찬탈이 없었으면 자기도 오늘날 왕위에 앉아 있을 수가 없었지요. 이와 같이 진보 신권(臣權)이 왕위계승에 시비를 거는 것을 보고 철퇴를 내린 것이 바로 무오사화입니다.

연산군이 억울한 것은 그가 폭군의 누명을 썼다는 것입니다. 그런데 요새 진보적인 사가들에 의하면 대부분이 턱없는 과장, 날조, 조작된 허위라는 것입니다. 조선 임금에 대한 실록은 그 임금이 죽으면 그 뒤를 잇는 임금이 실록을 씁니다. 연산군과 같이 임금 자리에서 쫓겨난 사람의 정치적 행보에 대해 집필을 할 때는 그 임금을 쫓아낸 사실을 합리화하기 위하여 있는 사실, 없는 사실을 마구 과장하여 꾸며서 기록으로 남기는 것이 보통입니다. 이러한 현상은 동서고금을 막론하고 인간이 사는 곳이면 어디서나 찾아볼 수 있는 보편적인 현상이지요. 내 생각으로 연산군도 이들의 터무니없이 과장, 날조된 허위의 희생양이라는 것입니다.

잘 아시다시피, 연산군을 왕위에서 몰아낸 혁명파들은 강희안, 박원종, 유순정 세 사람입니다. 이 세 사람들은 모두 연산군이 극히 신임하고 가깝게 지내던 인물들이었지요. 그러나 이들도 결코 깨끗한 인물들은 아니었음을 말해둡니다. 연산군을 몰아내는데 성공한 집권세력들은 그들의 행동을 합리화하기 위해서 연산군의 모든 행동을 악의적으로 날조, 과장한 것이 오늘날 우리가 읽는 역사책입니다.

사람들은 왕조실록에 적혀있다 하면 모두가 사실로 믿고 정사(正史), 정사하는데 정사가 어디에 있단 말입니까. 고려에서 일어난 정치적 현실을 알기위하여 ≪삼국사기≫에 전적으로 의존할 수는 없습니다. 우리는 눈치 보며 쓴 글은 신뢰를 덜 하는 버릇이 있지 않습니까. 세조실록에서 단종이 어떻게 죽었다고 묘사되어 있는지 한 번만 읽어보면 알 것입니다.

예로, 연산군이 자기숙모를 겁간해서 임신을 해서 수치심이 극도에 달한 숙모가 스스로 목숨을 끊고 말았다는 이야기는 연산군이 패륜아라는 것을 보여주는 쇼 케이스입니다. 그러나 현대 사학자 한 사람이 그때 두 사람 나이를 추정해보니 겁간 당했다는 숙모나이가 쉰셋에서 쉰다섯, 연산군 나이가 서른셋에서 서른다섯이었다고 합니다. 조선 백성들의 평균 수명이 50을 넘지 못하던 시절에 쉰 살이 넘은 여인이 임신할 수 있었겠습니까?

연산군은 그의 아버지 성종처럼 색(色)을 밝히는 임금이 아니었습니다. 조선 임금 중에 성종이야말로 3위 안에 드는 색골(色骨)이라고 볼 수 있지요. 그는 4명의 왕후와 8명의 후궁 등 12명의 여자에게서 16명의 왕자와 12명의 공주·옹주를 낳았습니다. 이들 아들딸들이 결혼을 할 때는 많은 재산과 토지를 줘서 내보내니 나라의 재정이 어떤 꼴이 되었을지 한번 생각해 보십시오. 이에 비해 연산군은 본부인 외에 가까이 한 여자는 단 둘(장록수와 전전비)밖에는 없었습니다. 그러니 흥청망청이란 말을 할 정도로 때와 장소를 가리지 않고 황음을 즐겼다는 것은 당시 신세력에 아첨하는 무리들이 허위로 만들어낸 사실에 불과한 것입니다. 500년이 지난 오늘날에도 정권에 아부하는 세력들은 정보를 조작, 억울한 시민을 사형에 처해버리는 세상임을 생각하면 그 시절에는 그렇게 하기가 더 쉽지 않았겠습니까. 박정희·전두환 시절에 일하던 정부의 고등 관리들은 걸핏하면 무고한 시민들을 얽어매어, 경찰서에 구속하고 겁박하던 것을 쉽게 볼 수 있었지 않습니까.

백모와 간통, 흥청망청, 장녹수와 인연 말고도 연산군의 죄목으로 꼽히는 것은 정씨와 엄씨를 때려죽였다는 서모장살(庶母杖殺), 대비의 가슴을 들이받아 대비를 죽게 했다는 불효불손(不孝不遜), 왕실의 공간 확대를 위해 설치한 기내금표(畿內禁標). 이 모든 것을 악의적으로 해석한 것은 연산의 뒤를 이은 혁명파 무리들입니다. 유감스럽게도 이들 하나하나에 대한 얘기는 지면이 허락하지를 않습니다.

　500년 전에 간신배와 아첨배들로 우글거렸을 조선조정을 상상해봅니다. 불행하게도 그 간신배나 아첨하는 무리들은 오늘날에도 컴퓨터와 손전화 등에 의지하여 그들의 간신 짓을 성실히 수행하고 있습니다. 우리나라가 일본의 식민지로 있을 시절, 독립을 위해서 만주등지로 가서 조국의 광복을 위해서 청춘을 불사르던 애국지사들이 많았습니다. 그러나 우리시민들 중에는 이들 독립투사들을 일본경찰에 밀고하고 앞잡이 짓을 하던 사람들이 얼마나 많았습니까. 해방이 되자 이들 중에서는 독립투사로 변신하여 사람들의 신망과 존경을 받고 출세한 흉측한 인간들이 많았지요. 인간의 역사는 이같이 사람의 탈을 쓰고 버젓이 사람 아닌 짓을 하고 다니는 부조리가 있기 때문에 인간사는 복잡해지고 역사의 구비도 많은 것 같습니다.

　폭군 네로는 몇몇 학자들의 끈질긴 노력으로 폭군이라는 누명을 어느 정도 벗었다고 합니다. 이 누명을 벗는데 약 2,000년이 걸렸습니다. 연산군은 어떨까요? 연산군은 이제 500년 조금 넘는 세월이 흘렀습니다. L씨를 비롯한 몇몇 진보사학자들은 연산군의 누명을 벗기기 위해 무척 애를 많이 쓰고 있습니다. 이들의 목적은 나와 같습니다. 연산군이 정치를 썩 잘했다는 말이 아니라 항간에 떠도는 이야기처럼 그렇게 나쁘고 추악한 임금은 아니라는 것입니다. 젊은 시절에 소련의 소설가 톨스토이의 단편을 읽다가 본 다음제목이 생각납니다. "신은 어떻게 되었는지 사실을 훤하게 알고 있다. 그러나 좀 기다려야한다.(God sees the truth, but waits.)"

(2019. 6.)

공통윤리

인간들이 모여 사는 곳이면 어디나 "이것은 반드시 해야 된다."느니 "이것은 해서는 절대 안 된다."는 등의 규칙이 있습니다. 많은 경우 그 집단에서 영향력이 있는, 소위 말하는 지도자급에 속하는 사람 몇몇이서 이런 규칙을 만드는 것이 상례였던 것 같습니다. 이들의 협의에 의해서 서로 지키도록 되어있는 규칙이 곧 규약이라 할 수 있지요. 이 규약을 어기는 이는 사회의 따돌림과 배척을 받고 이 규약을 잘 지키고 따르는 이는 사회의 칭찬과 수용을 받지요. 인간사회에서는 전쟁, 대량학살, 배반, 음모 등이 언제나 있기 때문에 사회가 멸망할 위기에 처한 적이 수도 없이 많았지마는 망하지 않고 아직까지 유지가 되고 버틸 수 있었던 것은 이 규약 때문이라고 사회를 연구하는 사람들은 생각하는 것 같습니다.

언젠가 영국 옥스퍼드대학교 인지진화연구소에서는 "인간사회에 공통되는 도덕은 무엇인가?"라는 질문에 답하기 위해 이 지구상에 있는 60여개의 조직에 대한 조사연구를 한 적이 있습니다. 여기서 조직이란 말은 문화, 사회, 국가라는 말과 얼추 같은 말로 썼음을 알려드립니다. 그래서 전 세계의 문화 혹은 사회조직을 관통하는 일곱가지 공통적인 도덕규범을 뽑아냈는데 그 일곱 가지란 다음과 같습니다. 첫째, 가족을 도와라. 둘째, 소속집단에 충성하라. 셋째, 윗사람을 따르라. 넷째, 호의를 갚아라. 다섯째, 용감하라. 여섯째, 자원을 공정히 나누라. 일곱째, 다른 사람의 것을 존중하라.

이 연구에 참여했던 커리(O. Curry)를 따르면 인간사회는 모두 비슷한 사회문제에 직면해 있으며, 사회 안에서 일어난 문제를 해결하기 위해서 서로 비슷한 도덕규범을 세운다는 것입니다. 그러니 인류의 도덕이란 것도 사회에서 반복적으로 일어나는 협력문제를 해결하기 위해서 생겨나서 진화해온 것으로 보는 것이지요. 이와 같은 협력도덕의 뿌리는 수천만 년을 이어온 집단생활, 그리고 수십만 년에 걸친 수렵생활에 그 뿌리를 두고 있다고 봅니다. 인간은 서로 협력하지 않고는 도저히 생존할 수 없다는 것이 커리의 주장입니다.

이 일곱 가지 덕목이랄까 공통윤리도 세월이 흘러감에 따라 알게 모르게 변한 것이 많은 것 같습니다. 물론 사회윤리라는 것도 어느 특정사회만 변한 것이 아니고 공통적으로 모든 사회가 변한 것으로 추정해 볼 수 있겠습니다.

날씨를 얘기할 때 체감온도라는 말을 쓰지요. 우리가 피부를 통해서 느끼는 온도는 실제 온도계가 일러주는 온도보다 더 낮게, 혹은 더 높게 느껴질 때가 있습니다. 마찬가지로 윤리도덕에서도 실제 그런 변화가 있었느냐에 대해서는 사회과학자들의 날카로운 비판과 연구로 결정되겠지만 내가 피부로 "옛날과는 다르구나"를 느끼는 것이 체감변화라고 한다면 말이 될까요? 사회과학자들의 연구보고는 어떤지 몰라도 내가 피부로 느끼는 변화는 옥스퍼드대학교에서 발표한 일곱 가지 윤리도덕 중 처음 세 항목의 변화는 눈에 제일 쉽게 뜨이는 변화인 것 같습니다.

첫 번째인 가족에 충실하라는 말을 예로 들어보겠습니다. 내가 젊었을 때만해도 집안형제끼리 다퉜다는 이야기는 들어본 적이 드물고 자식이 부모를 모시지 않고 따로 떨어져 사는 집은 거의 찾아볼 수 없었습니다. 그러던 것이 요새는 자식이 부모를 모시고 한집에서 사는 것이 옛날에 부모가 따로 독립해서 사는 것처럼 찾아보기 힘든 풍속이 되고 말았습니다. 부모가 남긴 재산 때문에 형제간에 법정에 서는 모습도 신문에서나 앞·뒷집 현실에서도 너무나 쉽게 찾아 볼 수 있는 풍경이지요.

소속 집단에 충성하라는 말도 하루가 다르게 변하고 있습니다. 이 말은 한국 같은 집단주의 사회에서는 어느 정도 들어 먹힐 여지가 있겠으나 미국 같은 개인주의 사회에서는 희미하기 짝이 없는 말이 되어가고 있지요. 아무리 내가 속한 집단이라 해도 내가 추구하는 이상이나 내 개인적인 윤리도덕 기준과 어긋나는 것일 때는 가차 없이 자기주장을 씩씩하게 주장하라는 가르침이 서구식 생활태도에 대한 지침입니다. 한번 직장에 들어가서 백발이 될 때까지 충성을 다하던 직장개념은 이제 사라졌습니다. 일본이나 한국 같은 나라에서는 큰 직장에서 충성심과 단결심을 불러일으키기 위해 직장을 가족의 확장으로 생각하기를 권하며 무슨무슨 가족모임이니 단합대회니 하는 이름을 붙여 전체조직을 하나의 가족으로 생각하기를 좋아합니다. 그러나 이제는 큰 기업에서 자랐다시피 하고 그 조직을 대변하다시피 하던 사람도 하루아침에 돌변해서 자기가 수십 년 몸담았던 회사의 비리를 폭로하는 세상이 되었습니다. 이럴 때 상부 명령을 거역하지 않고 묵묵히 일하던 직원이 나중에 오히려 불이익을 당하는 경우가 있습니다. 윤리적인 판단이란 때와 장소에 따라 다르게 나타나는 것이기 때문에 보편적 윤리라는 말도 경우에 따라서는 모호할 때가 있습니다.

세 번째인 윗사람을 따르라는 말은 조선시대 때 금과옥조이던 장유유서(長幼有序 : 어른과 어린이 사이에는 차례와 질서가 있다)같이 무조건 나이 많은 사람을 따르라는 말(The younger should give precedence to the older.)이라기보다는 조직에서 경륜이나 경험, 판단력이 건전한 사람의 말을 주의깊게 들으라는 말이라고 생각됩니다. 그러나 이제는 이 말도 나이 많은 사람 = 구식, 보수, 한물간 사람으로 통하는 세상이 되어가지요.

　우리가 살고 있는 세상이 어디로 흘러갈지에 대해서는 아무도 모릅니다. 그저 흘러간다는 사실은 확실하고 그 흐르는 속도는 우리가 예상했던 것보다는 더 빠르다는 것도 확실한 것 같습니다. 옛날에 살던 방식이 그리워 옛날식을 고집하고 살아가려는 극소수의 사람들도 있지만, 디지털문화가 계속되는 한 그 세력이 그다지 왕성하지는 않을 것입니다.

(2019. 7.)

제 5 부

기해세모
청이동열

려 저 한 생 룻 은 에 서
니 러 일 의 밤 탄 둥 를
하 도 뜻 인 하 금 밤

벌써 한 해(2019)가 가는구나

서른 밤에 둥긂은 단 하룻밤
일생의 뜻한 일도 저러하려니
三十夜中圓一夜 / 百年心事摠如斯

위는 중종─선조 때의 대학자 송익필의 시 〈달밤〉 후절.
손종섭의 한글번역이다. 열닷새를 두고 하루하루 조금씩
커져서 힘들게 이룬 보름달도 잠깐의 축복에 지나지 않음을
인생살이에 비추어 애석해하는 시구(詩句)다.

사람은 저마다 꿈이 있고 소망이 있다. 열심히 살아서 앞
으로 뭐가 되겠다, 재정적 안정을 이루어보겠다, 저마다 무
엇을 이루고 싶은 작은 꿈이랄까 소원으로 가득 차있다. 그

러니 마음은 꿈의 창고. 그러나 그 바라던 것을 어느 정도 이루어 "이제 좀 살만하게 되었다." "걱정 좀 덜하고 살 수 있게 되었다."는 말이 채 끝나기도 전에 갑자기 태풍처럼 불어 닥친 재난이나 불행은 우리를 휩쓸어 가버린다.

평생을 하루같이 알뜰히 쌓아올린 공든 탑이 일순간에 와르르 무너지는 불행은 너무나도 자주 볼 수 있는 광경. 신의 저주, 아니면 운명의 질투일까. 인생을 밤길 가듯이 조심조심 살펴가며 살아왔는데 재앙은 태풍처럼 기다렸다는 듯이 눈 깜짝할 사이에 우리를 삼켜버린다.

이 인생살이 기승전결(起承轉結)을 송익필은 보름달에 비유했다. 한시(漢詩)는 한 구절만 명문 글귀가 되면 그 나머지 글귀는 따라서 명문 대접을 받는 경우가 많다. 이 송익필의 〈보름달〉도 그렇다. 이런 시구(詩句)는 "못 둥글어 한이나 둥글긴 더뎌, 어찌타 둥글자 이내 기우나?"(未圓常恨就圓遲 / 圓後如何易就虧)가 전구(前句)가 된다. 우리는 이런 갑작스런 비극에 저항해서 싸워볼 용기는 없다. 그저 그 비통함에 눈물 떨굴 뿐이다. 운명 앞에서는 누구나 순한 양(羊)이 되는 것을….

달의 운명을 보고 송익필은 인생의 허무함을 느꼈지만 달을 두고 자기의 심사를 털어놓은 시인들은 옛날이나 오늘이나 많다. 우리 문학여명기의 시인 김소월은 "이제금 저 달이 설움인줄은 예전엔 미처 몰랐어요"하고 몸부림치지 않았던가. 그달의 운명도 알고 보면 서럽기는 마찬가지일 텐데-. 아무리 달이 커졌다 작아졌다 해도 우리는 그 달빛 아래서 목선(木船) 가듯이 고물고물 열심히 살아갈 뿐이다. 2000년 밀레니엄이 온다고 난리를 치던 것이 바로 어제 같은데 벌써 2020년이 온다고 야단이다. 20년 세월이 태풍보다도 빠를 수가 있단 말인가. 기해년이 경자년으로 바뀐 것뿐인데-.

　　근하신년

2019년 세모에

陶泉散人

한운야학(閑雲野鶴)

桐千年老恒藏曲
梅一生寒不賣春
오동나무는 천년을 살아도 곡조를 간직하고
매화는 추위 속에서도 향기를 팔지 않는다.

젊었을 때 나관중이 쓴 ≪삼국지연의≫에서 다음과 같은
대목을 읽던 생각이 난다. 유비의 군사(君師) 제갈공명이 수
적으로는 유비 쪽의 몇 배가 넘는 조조의 정예부대와 맞부딪
혀 일전을 벌일 판이었다. 워낙 숫적으로는 우세하고 훈련이
잘 된 조조의 대군이 제갈공명의 성을 무자비하게 짓밟을 참
이었다. 이 절체절명(絕體絕命)의 위기상황에 처한 공명은 한
가지 꾀를 냈다. 병사들은 모두 보이지 않는 곳에 숨겨둔 그

는 성문을 활짝 열어 제치고 자기는 성루에 올라앉아 한가로이 거문고를 타고 있었다. 이 예상 밖의 돌출행동을 '준비된 자의 여유'로 본 조조군은 반드시 무슨 계략이 숨어있을 것이라고 판단하여 공격을 미루고 머뭇거리다가 퇴각해버렸다. 이래서 공명의 성도 무사하게 되었다는 이야기다.

이것이 공명의 허실법(虛實法)인가, 왜 그는 그 급박한 상황에 하필이면 거문고를 탔을까? 내 생각으로는 음악이란 여유나 한가로움과 통하기 때문에 거문고를 탄다는 것은 조조의 대군에게는 '준비된 여유'로 보일 수밖에 없을 것 이라고 생각했기 때문인 것 같다. 음악은 우리에게 너그러움과 한가로움을 일깨워주는 불쏘시개가 될 수 있다는 인간심성에 대한 통찰 없이는, 그리고 이 예상 밖의 돌출행동이 적군을 호릴 수 있을 것이라는 확신 없이는, 우리 같은 보통사람은 꿈도 못 꿀 실로 기발한 책략이라고 생각한다.

좋은 소리를 내는 오래된 오동나무로 만든 거문고를 하나 가지고 싶어 하지 않는 가인(歌人)이나 선비가 있을까? 조선 선비의 방에 거문고가 놓여있는 풍경은 요사이 집집마다 벽에 그림이나 사진이 걸려있는 것과 별다름 없는 풍경이었다. 서신혜가 노래하는 사람들의 비범한 삶에 대해서 쓴 ≪열정≫이란 책을 보면 조선중기의 성리학자 김일손이야기가 나온다. 김일손은 좋은 거문고가 갖고 싶어 오랜 시간동안 이곳저곳을 헤매다가 어느 날 동화문밖에 사는 한 노파의 부서진 문짝을 보니 오래된 오동나무였기에 그것을 사서 거문고를 만들었다는 이야기다. 또한 후한 때 처음이라는 사람은 밥을 지으려고 불을 지피는데 나무 타는 소리를 듣고 그것이 오동나무인 줄 알고 타다 남은 오동나무를 얻어다가 거문고를 만들었다는 이야기가 있다. 서신혜를 따르면 이것이 초미금(焦眉琴)의 고사다.

매화이야기로 말 머리를 돌려보자.

　　망호당 뜰 안에 한 그루 매화꽃

　　몇 번이나 봄을 찾아 말을 달려 왔던가

　　천리 길 가는 길에 그대 저버리기 어려워

　　문 열고 벗 불러 옥산이 무너지듯 취하리

　　(望湖堂裏一株梅 … 敲門更作玉山頹)

위는 퇴계(退溪) 이황의 〈망호당에서 매화를 보며(望湖堂尋梅)〉이다. 단군 이래 가장 큰 학자로 불리는 퇴계는 성리학자이자 평생 동안 2,000수가 넘는 시를 쓴 시인이었다. 그는 매화를 지극히 사랑하여 매화에 관해서만도 100수가 넘는 시를 남겼는데 모두 그의 문집에 실려 있다.

매화가 어찌 퇴계만의 사랑이었겠는가. 남명(南冥) 조식에서 시작하여 위당(爲堂) 정인보에 이르기까지 조선 땅에서 자기 자신을 선비라고 생각하는 사람들 중에서 군자 상으로서의 매화를 예찬하는 시를 한 수도 써보지 않은 선비가 있을까?

매화의 덕은 은은하고 깊은 꽃향기에 있다고들 한다. 그러나 나는 매화꽃에 아무리 코를 들이대고 킁킁거려 봐도 장미나 찔레꽃, 라일락 같은 꽃보다 더 나은 것은 없는 것 같다. 내 코에 문제가 있는 것은 아닌가? 매화가 특석을 차지한 것은 무슨 이유 때문일까? 내 생각으로는 중국 어느 대문호가 처음으로 매화향기를 극찬하는 시를 쓴 뒤로 후대 시인, 묵객들이 너도 나도 다투어 매화의 향기를 예찬하였기에 매화, 매화를 입에 올리게 되었지 싶다. 조선의 선비들은 도연명이나 두보, 소동파 같은 중국의 대문호들이 쓴 시구나 산문에 나오는 표현은 무조건 그대로 따라서 쓰는 버릇이 있었기 때문이다. 매화에 대한 예찬도 똑같은 과정을 거쳐서 형성되었지 싶다. 봄날, 들에 외로이 서있는 찔레꽃 넝쿨에서 나오는 향기를 마셔보라. 가냘프고 은은한 향기가 결코 매화에 뒤지지 않는 것을 금방 알 수 있을 건데─.

오래된 오동나무로 만든 거문고에서 나오는 맑은 소리도 좋고 매화꽃의 은은하고 깊은 향기도 좋다. 그러나 나는 이 둘을 관통하는 메시지(message)가 21세기를 사는 우리에게는 더 절실한 덕목으로 다가온다. 즉 그것은 오래된 오동에서 나오는 청아한 소리, 추위를 이겨낸 매화가 풍기는 꿋꿋한 정조(貞操)와 고고한 절의(節義)를 본받으란 말이다.

(2019. 2.)

옛집

나는 올해 한국나이로 여든이 됩니다. 80을 사는 동안에 이렇다 할 공은 하나도 세우지는 못한 그저 먹고사는 데만 바빴던 평범한 생활이었습니다. 책 몇 권과 옷가지 몇 벌을 이 집에서 저 집으로 옮기는 것을 이사로 친다면 내가 캐나다에 온 후로 모두 대여섯 번 이사를 했습니다. 서러워서 도망치듯 이사를 한 것은 한 번도 없고, 집세를 못 내서 집 주인이나 은행에서 쫓겨난 것도 한 번도 없었습니다. 집을 새로 짓거나 더 큰집으로 옮기는 것이었으니 그다지 억울하고 서럽다는 생각이 드는 이사는 한 번도 없었다고 할 수 있지요.

마지막 종착역이 지금 내가 살고 있는 방 2개에 거실 하나의 오두막집입니다. 옛시조에 "십년을 경영하여 초가삼간 지어내니, 나 한간, 달 한간에 청풍한간 맡겨두고"라더니 심청이가 중국 상인들에게 팔려가기 전에 심봉사를 봉양하며 살았던 오두막정도로 생각하면 됩니다. 그래도 집이 무척 밝고 아침 해가 뜨면 저녁때 해가 질 때까지 햇빛이 집을 떠나는 일은 없는 기막히게 밝은 집입니다. 크고 으리으리한 집에 살아보고 싶은 생각도 없진 않았지만 나 같은 선생들이 살 집은 아니라고 아주 일찌감치 못을 박았기 때문에 지금 사는 집에 더 만족하며 살 수 있는 것 같습니다.

한번은 우리식구가 내 눈에는 대단히 크고 마당도 우리집 몇 배가 되는 큰집에 놀러가서 하룻밤 자고 올 생각으로 간 적이 있습니다. 그런데 막상 가서보니 난방비가 엄청나서 그런지 주인부부까지도 두꺼운 스웨터를 껴입고 있는 것을 보니 이 집에서 잤다가는 감기 들겠다 싶어 그 집에서 나와서 시내에 나가 호텔에서 묵고 온 적이 있습니다. 집은 편안한 안식처여야 하는데 그렇지 못할 바에야 우리 집같이 집안 온데를 돌아다녀도 몇 발자국밖에 안 되는 집, 겨울에도 파자마차림으로 있어도 추운기운이라고는 없는 집이 더 낫지 않겠습니까.

살다가 불현듯 옛집생각이 날 때가 있지요. 그때 고생고생하며 바쁘게 살던 시절이 그리움으로 다가온다는 것입니다. 우리 옛집은 런던 온타리오에 있습니다. 나는 장모님 산소를 다니러 갈 때면 우리가 살던 옛집을 꼭 한번 찾아가 보는 버릇이 있습니다. 옛 집에 가보면 그 집에서 사는 동안 겪은 온갖 일들이 생각의 실타래가 되어 살아납니다. 마당에 심어둔 단풍나무는 컵 안에서 자라던 놈이 벌써 고목이 되었고, 그 단풍나무 씨를 컵에 넣어서 정성스레 키우던 아들 녀석은 벌써 쉰 살이 넘었습니다. 정원을 꾸미느라, 학과의 비서가 준 헌 철로침목으로 구해서 애써 꾸며 논 채소밭에는 탱크로 밀어도 끄떡도 않을 새 구조물이 들어서있더군요. 부엌 옆 베란다 앞에 심은 라일락은 너무 커서 베란다공간을 야금야금 침공하다가 주인의 미움을 받았는지 없어지고 말았습니다.

　이 모든 것은 옛집을 다시 찾는 나그네에게는 애절한 회억의 소재가 될 뿐입니다. 그 옛집에 살던 시절과 오늘 내 모습을 돌이켜 보고 거기다가 세월의 깍지를 어루만져보면 공연히 마음 한 구석에 애잔하고 쓸쓸한 정감이 일어나지요.

이 애잔하고도 쓸쓸한 기분을 시조나 시로 표현한 시인이 있을까. 시집을 여러 권 꺼내놓고 찾아보았습니다. 백수(白水) 정완영의 시집 〈실일(失日)의 명(銘)〉을 뒤적이다가 우연히 〈옛집〉이라는 제목을 단 시조가 눈에 띄었습니다.

　　찾아온 고향집은 울도 담도 허술하다
　　핏발 선 아가 눈에 엄마젖을 짜서 넣듯
　　해종일 햇살이 내려 살구꽃만 피어났다

　　담궈논 장독대에 장맛이나 들으라고
　　집 비운 듯 집 비운 듯 장뚜껑이 열렸는데
　　대추랑 고추랑 떠서 맛들이나 내고 있다

백수는 고향집에 가서 옛날을 회상했습니다. 그러나 캐나다에서는 은행 모기지(mortgage)가 있으니 이놈의 모기지를 청산하기 전에는 '내 집'이라는 생각이 영 덜납니다. 옛집에 가면 나는 통곡이 나올 정도로 서글퍼집니다. 그 통곡에 무슨 특별한 이유가 있는 것은 아닙니다. 그 집에서 지나가버린 23년 세월에 대한 회한(悔恨)과 그리움, 늙고 내려앉아버린 내 육신(肉身)에 대한 탄식, 이 모든 것이 슬픔으로 전환되어 내게 파도처럼 몰려오기 때문입니다. 옛집을 생각하는 것은 과거에 대한 그리움이고 과거에 대한 그리움은 곧 세월을 통곡하는 것입니다.

(2019. 5.)

되찾은 시구(詩句)

캐나다 런던 온타리오에 있는 웨스턴 온타리오대학교에 직장을 얻은 후 내 기분을 다스리는 방법으로 우리의 옛시조를 흥얼거리는 새 버릇이 생겼다. 한창 때 나는 300수가 넘는 우리 옛시조를 거뜬히 외우고 있었으니 시조를 흥얼거린다는 것은 내게는 그다지 새로운 일은 아니다. 영어로 강의를 해야 하는 교단에서는 스트레스를 줄이기 위한 방편으로 시작된 것이지 싶다. 예를 하나 들어보자.

감장새 작다하고 대붕아 웃지마라
구만 리 장천에 너도 날고 나도 난다
두어라 일반 비조(飛鳥)니 네오제오 다르랴.

위에 적은 숙종 때의 무신 이택의 시조를 읊으면 내가 백인교수들에 비해 못한 것이 뭣이냐는 항변성 자기주장이니 2배 3배 넘는 용기가 속에서 꿈틀거린다. 주먹한번 휘두르지 않고 이긴 것 같은 기분―.

나는 몇 주 전에 시조 한 수를 얻기 위해서 다음과 같은 소란을 피운 적이 있다. 얘기는 이렇다. "… 오뉴월 하루해가 이다지도 길다더냐/ 인생은 유유히 살자 바쁠 것이 없느니"

이 시조는 노산(鷺山) 이은상의 〈적벽놀이〉라는 기행수필에 나오는 것이다. 지금부터 67년 전 6·25전쟁의 포화가 날로 뜨겁던 시국, 내가 안동에서 중학교를 다닐 때 국어시간에 배운 시조다. 그때 선생님은 키가 무척 크고 기골이 장대한 평양에서 온 소설가 S선생으로 기억한다.

그런데 나는 이 시조의 맨 처음 시작을 잊어버렸다. 무슨 일을 당해서 내가 너무 성급하게 군다는 생각이 들 때면 "오뉴월 하루해가 이다지도 길다더냐/ 인생은 유유히 살자 바쁠 것이 없느니"로 끝나는 이 시조 구절만 한번 외우면 먼지 날리는 황토 길에 물을 뿌리는 것처럼 내 마음이 차분히 가라앉곤 했다. 그러나 이 시조의 초장을 잊어버렸으니 낭패다. 아무리 생각해 내려고 애를 썼으나 헛수고. 할 수 없어 나장환 형에게 전화를 하고 "나형도 틀림없이 국어시간에 이 시조를 배웠을 테니 찾아달라."고 '눈물 없이는 들을 수 없는' 애절한 부탁을 했다. 나형은 나와 동갑. 30년 전에 내가 중학교 다닐 때 읽었던 조지훈의 시 〈빛을 찾아가는 길〉의 시작을 잊어버려 나형의 도움으로 그 시의 시작을 찾은 적이 있다. 이것이 그와 나의 교제의 시작이었다.

그런데 생각했던 것보다는 빠른 시일 내에 나형에게서 답이 왔다. 노산의 〈적벽놀이〉를 찾았다는 반가운 소식이었다.

> 백년도 잠깐이요 천년도 꿈이라더니
> 여름날 하루해가 그리도 길더구나
> 인생을 유유히 살자 바쁠 것이 없느니

"여름날 하루해가"를 나는 "오뉴월 하루해가"로, "그리도 길더구나"를 나는 "이다지도 길더구나"로 기억하고 있었다. 이 시조를 배우고난 뒤 흐른 세월이 67년. 그러나 이 정도로 원본 못지않은 형태로 기억하고 있다는 것도 대견한 것. 칭찬을 받아야 한다는 어린아이 같은 생각도 들었다. 그러나 우선 보배 같은 시조를 한 수 더 얻게 되었다는 흥분에 나형에게 고맙다는 인사도 깜빡 잊고 며칠을 지냈다.

우리의 마음을 들뜨게 하거나 가라앉히는 힘을 주는 것은 비단 노래뿐이 아니다. 그림이나 시(詩)나 소설 같은 예술작품 모두가 우리 마음을 움직이는 것이다. 또한 마음을 움직이는 것도 예술의 장르(genre)에 따라 조금씩 다르겠지만 어릴 때 익혀둔 시가(詩歌)는 어린 시절을 되살려 오는데 일종의 촉매제 역할을 한다. 마치 홍난파의 〈고향의 봄〉을 나직이 부르면 고향마을이 눈앞에 조용히 펼쳐지듯이—.

안동에서 중학교를 다닐 때의 국어선생 S는 매우 엄격한 선생이었다. 짧은 말 짓기에서 잘 못하면 그 큰 선생님 손으로 내려치는 출석부 형벌이 모하메드 알리한테 머리를 한 방 맞은 것이나 다름없어 보였다. 나는 한 번도 맞아보질 않았다. 아마 내가 무척 아첨을 잘하고 귀엽게 굴었던 모양이다.

이제 세월은 무정하게 흘러 내 나이 어느덧 80. 잃어버린 시구는 기적적으로 나에게 되돌아왔다. 백년도 잠깐이요 천년도 꿈이라던 그 세월은 경상도 안동에서 흐르던 것이나 온타리오 평원(平原)을 휩쓸고 가는 캐나다의 찬바람이나 아무런 차이 없다.

(2019. 5.)

연보

- 1940년 10월 6일 경상북도 안동군 예안면 부포동 역동(易東) 외딴 집에서 아버지 이원하(李源河)와 어머니 이한석(李漢錫)의 8남매 중 4번째 아들로 태어남.
- 역동(易東)이란 이름은 고려 말의 대학자 역동 우탁("춘산에 눈 녹인 바람 건듯 불고 간 데 없다…"로 시작되는 늙음을 탄식하는 탄로가의 작자) 선생의 별명으로 그를 기려 퇴계가 세운 역동서원 유허지에 내 생가가 들어섰기에 붙여진 동네 이름이자 동시에 집의 이름.

- 호(號)는 도천(陶泉: 안동 도산 사람이라는 뜻; 일중 김충현 선생이 지어줌) 혹은 청고개에 사는 사람이라는 뜻의 청현산 방주인(靑峴山房主人).
- 태어날 때 사주(四柱)를 보니 천문성(天文星)을 끼고 태어났기 때문에 평생 책이나 보며 밥을 빌어먹을 팔자로 점괘가 남.
- 50리 떨어진 안동에 가서 안동사범병설중학을 졸업. 당시 천하 수재들이 모인다는 경대사대부고에 273명 중 끝에서 스물

다섯 번째의 남부럽지 않은 성적으로 합격. "안동천재"라는 별명을 스스로 붙였으나 아무도 불러주지 않음.

– 고등학교 2학년 때 교내 영어웅변대회에 나가서 3등의 영광을 거머쥠. 이때 출전한 용사는 모두 3명.

– 특활시간에 서예부에 들어 석대(石帶) 송석희 선생께 서예를 사사. 방인근의 ≪벌레 먹은 장미≫와 최인욱, 김래성을 시작으로 한국소설 탐독. 나중에 학교 공부는 아예 밀어두고 도서부원으로 들어가 이광수, 김동인을 비롯한 한국소설과 소련을 중심한 세계 문호들의 소설을 탐독.

– 서울대학교 사범대학 교육학과에 입학.

– 2학년 올라갈 때 과(科)가 세분되는 바람에 교육심리학과로 편입. 술이나 먹고 건들거리기나 하는 백수건달, 방랑객이 되어 주유천하. 학점은 바닥에서 김.

– 3학년 때 같은 과(科) 새내기들을 위한 세미나에서 아리따운 홍일점 정옥자(鄭玉子)를 발견, 나의 Beatrice임을 즉시 선언하고 1,000번 찍기를 천지신명님께 맹세, 장기전을 준비하였으나 상대방의 허술한 방비로 인하여 뜻밖에 열 번도 안 찍어 성공. 후일 그녀와 조강지처의 인연을 맺음.

– 대학원을 다니면서 서울대학교 학생지도 연구소 연구조교.

– 종로 파고다 공원 앞에 있던 관수동 동방연서회에서 일중(一中) 김충현, 여초(如初) 김응현 선생에게 서예를 사사. 국전 입상

2회. 그때 오늘날 한국 서예계의 중진 초정 권창륜, 경후 김단희, 신계 김준섭, 백석 김진화, 현암 정상옥, 석창 홍숙호, 중관 황재국 제씨들과 같은 서실에서 붓을 잡고 글씨를 쓰는 동학(同學)의 영광을 가짐. 그러나 재주에 있어서는 내가 이들과 비교해서 제일 못하다는 것을 뼈저리게 깨닫고 내심 서예를 포기.

– 1966년, 캐나다 Vancouver의 University of British Columbia에 전액 장학금을 받고 유학길에 오름. 여비는 한미재단(Asia- American Foundation)에서 장학금을 받음. 김포공항을 떠날 때 전 재산 미화 $60, $50은 부모님으로부터의 유산, $10은 정희경 선생이 주심.

– 1967년 3월 26일, 오늘의 본처 정옥자와 결혼. 주례는 전 서울 경동교회 목사 이상철, 하객은 주례와 신랑, 신부를 포함하여 모두 30명. 축의금 총액은 $72, 첫날밤은 하루 호텔비 $100이 아까워서 Vancouver시 10가(街) 622번지 Alexanko 여사 댁 지하실에서 실례.
– 1967년 12월 1일, 맏아들 미채 태어남.
– 1970년 7월 20일 둘째 아들 미수 태어남.
– 1970년에 학위를 받고 Notre Dame대학에 조교수. 방년(芳年) 29세.

– 우편엽서에 나오는 그야말로 post-card scenery, 그림 같은

호수가 내려다뵈는 대학이었으나 두메산골에 있는 마포대학이라는 생각이 들어 불만, 1973년 끝내 스스로 사표를 던지고 미국 보스턴 근처 Amherst에 있는 매사추세츠 대학(University of Massachusetts)에 Post-doc을 마치고 아내가 박사과정을 밟고 있던 Alberta대학으로 돌아와서 (불행한) 연구원 생활.

- 1975년 Alberta School Hospital(현 Michener Center)에 심리학자로 취직. 1년 후 심리과 과장으로 승진(이것이 내 평생 학교 이외의 직장에서 일해 본 처음이자 마지막이었음). 이 심리과는 심리학을 전공한 석사급 23명에 비서 둘이 있는 거대한 기관. 과장 자리에 있는 이유로 직원들의 일시 외출허용, 비품이 있는지 없는지의 여부 확인, 게으른 직원의 훈계 및 징계 등 실로 자질구레하고 사나이답지 못한 일을 해야 하는 행정에 대한 염증과 허무를 느껴 그 기관에서의 탈출을 시도.

- 좀처럼 뜻이 이루어지지 않고 있다가 1977년 Toronto에서 Detroit 가는 길, 자동차로 2시간 거리의 London에 있는 University of Western Ontario라는 학생 2만2천 명의 대학에 발령이 남. 1977년 조교수, 1981년 부교수, 1984년 정교수.

- 1983년 안식년으로 미국 뉴욕주 Albany에 있는 뉴욕주립대학교에 방문교수.

- 평암(平岩) 이계학 교수의 주선으로 경기도 성남시 판교에 있는 한국정신문화연구원(현 한국학중앙연구소) 방문교수.

- 1984~1985년 매년 5, 6월에 대구대학교 특수교육과에 와서 심

리 연구법 집중강의를 하고 돌아감. 뒤주에 쌀 떨어지고는 살아도 가슴에 정 떨어지고는 못사는 세상, 대구대학교 교수들과 깊은 정이 듦.

- 1999년 9월 하나님이 보우하사 이화여자대학교 심리학과 교수로 오게 됨. 23년간 재직하던 Western Ontario대학교에서 조기 은퇴, 이로써 33년의 구름 밖 떠돌이 생활을 청산, 1999년 8월 4일 '운명아 비켜라 내가 간다.' 토론토 발 서울행 KAL072기에 오름. 2006년 2월 은퇴. 지금 이름 석 자 뒤에 붙일 것이라곤 Western Ontario대학교 명예교수(Professor Emeritus)라는 있으나 마나 한 수식어밖에 없음.

- 그밖에

a. 「이동렬 연구 논문 모음」(대구대학교 특수교육 연구소)
「새내기 상담가를 위한 상담과 심리치료」(교육과학사)

b. 미국 상담심리학 학회지와 임상심리 학회지 등에 발표한 논문 50여 편이 있음.

c. 1997년 미국심리학회(APA: American Psychological Association)에서 발간되는 상담심리학 학회지(Journal of Counseling Psychology)에 발표된 1978–1992년 13년 동안 세계에서 상담 과정(process of counseling)에 대해서 가장 연구를 많이 한 사람 20명 중 이 불초소생의 이름이 오름. 에헴!

d. 전공 이외의 저서
≪남의 땅에서 키운 꿈≫, ≪설원에서 부르는 노래≫, ≪흐르

는 세월을 붙들고≫, ≪청산아 왜 말이 없느냐≫, ≪향기가
들리는 마을≫(선집), ≪세월에 시정 싣고≫, ≪꽃 피고 세월
가면≫, ≪바람 부는 들판에 서서≫, ≪산국화 그리움 되어≫
(100인 선집),≪주머니 속의 행복≫, ≪꽃 피면 달 생각하고
≫, ≪꼭 읽어야 할 시조 이야기≫, ≪청천 하늘엔 잔별도 많
고≫, ≪청고개를 넘으면≫, ≪꽃다발 한 아름을≫(세종 우
수도서), ≪산다는 이유 하나로≫, ≪거꾸로 간 세월≫

e. 1998년 한국현대수필문학상, 2011년 민초문학상, 2018년 김
태길수필문학상을 받음.

f. 1985년 취미로 시작한 색소폰(saxophone)에 재미를 들여 아
직까지도 레슨을 받고 있음. 〈이동렬 색소폰으로 듣는 한국
가곡의 밤〉 2회. 좋아하는 음악의 장르(genre)는 한국가곡과
봉짝 트로트. 그러나 2018년 현재 기운이 없어서 피식피식 바
람 빠지는 소리가 자주 들림.

g. 젊은 시절 일중(一中) 김충현, 여초(如初) 김응현 선생께 서
예를 배움. 대한민국 미술 전람회(국전)에 입상 2회. 동방 연
서회 회원. 작품으로는 경북 안동군 이육사(李陸史) 문학 기
념관에 시비(詩碑) 〈광야〉, 퇴계(退溪) 공원에 시비 〈수천(修
泉)〉, 강원도 홍천군 물걸리 척야문화공원에 시비 〈나라사
랑〉, 청강대학에 노래 〈우리의 소원은 통일〉 작사자인 안석
영 노래비, 그리고 이화여자대학교 도서관에 〈계상수생(溪上
水生)〉, 〈낙동강〉, 서울대학교 사범대학에 〈교사의 상〉 등이
있음.

거꾸로
간
세월